落書

松坂 ありさ

Arisa Matsuzaka

やみます。

落書　目次

落書

落書

プロローグ

俺は、新しい学校生活のことをあれこれ考えて、緊張していた。張り詰めた気持ちを和らげようと、トイレに入った。ここで、タバコを吸おうと思ったのだ。

俺は前の高校で、三年生の時にたくさん休んでしまったので、卒業できなかった。

「卒業しないと大学に行けないじゃないの。あんたには、父さんも母さんも足を踏み入れたことのない大学とやらに、行ってほしかったのに」

お袋が泣きそうな顔で言うので、担任の先生に相談した。

先生は、いくつかの進路を示した。

俺はそのうちのひとつを採《と》った。

それは、自由の風学院の三年生に編入して、取れなかった単位を取るために通学《スクーリング》する、というものだった。

スクーリングといっても、基本的にはラジオを聞いてレポートを書けばいいのだから、通学自体が面倒で苦手な俺としては、とても嬉しいシステムになっていた。火、水、金曜日に、一時間ずつの授業を取ればそれでいいのだ。

第一章

1

初めてのスクーリングの日、それは火曜日の午後だった。

俺は早めに学校へ行き、人のあまり来ないようなトイレを探した。

そこは、学校の敷地の隅にあった。「風学《かぜがく》トイレ」とわざわざ大書してある。運動部のためのトイレのように思えた。

「風学トイレ」は広くて、掃除がいき届いていて、清潔な感じのする空間だった。

個室に入り、便座に座り、一服した。

ゆっくり寛《くつろ》いでから、個室を出た。

出てから見回すと、洗面台が三つあり、各々に鏡がついていた。

洗面台と洗面台の間の壁には、真っ白なタイルが張ってある。

その壁に、目を惹く文章が、黒いマジックで書かれていた。太字のマジックのようだ。


やみます。


「え……?」

俺は咄嗟に「病みます」という不吉な文章を思ってしまった。そう思うと、心臓が軽く飛びはねる感じがした。

心臓を鎮《しず》めるために、しばらくの間その壁を見つめていた。

こんなこと程度のこけおどしには負けないぞ。

そう自分に言い聞かせた。

ふと妙案を思いついた。

「やみます」を消して、隣に「やみました」と書こうと思ったのだ。

カバンの中を引っかき回した。サインペンが見つかったが、壁の文字ほどのしっかりした文字は書けそうにない。少し癪だ。

あぁ、新しいマジックを買ってこなければ駄目だ！　こんなことになるとは全然予想していなかったから、困ったな。ちょっとパニクるな。どうしようか。

今は仕方がない。今は細めの字でもいいから、書いておこう。そうしないと、気持ちがおさまりそうもない。

俺はサインペンを取り出して「やみます」の文章を、四本の直線で消した。

そして、隣にこう書いた。

やみました。（過去に）
今は平気です。

書いてから個室に入ってじっとしていた。

誰か入ってくるかなと思ったが、誰も来ないので、個室から出た。

廊下に出ると、知らず知らずのうちに、俺の目は売店を探していた。キョロキョロしていると、遠くに「売店↓」の看板が見つかった。「よかった」と思い、その方向に小走りで行く。

売店には、太字と中細のペン先が両端に付いたマジックがあった。それを買って、トイレへ戻る。戻る時も気が急《せ》いて自然と走ってしまう。

トイレのドアを、なるべく音を立てないように気をつけて開け、見渡した。あれからまだ誰もこのトイレを利用していないようだ。ホッとした。走ったりホッとしたりしている自分が、少し滑稽だった。

俺は、買ってきたマジックを包装紙から出して、さっき自分が書いた弱々しい細い文字をなぞった。これで、文字は、濃く力強いものになった。

更に、念には念を入れようと思い、誰かが書いた「やみます」の文章の上に×印を付けた。

それから、トイレから出て、教室へと向かった。

2

その次のスクーリングは、水曜日の午後だった。

俺は早目に学校に着くようにして、風学トイレに行った。トイレの白いタイルの上の文字に変化があるかどうか期待している自分が、何となく不思議だった。

昨日と変わらず、誰もいない。

運動部の人々は、近いという理由で、新しくできた第三体育館の一階のトイレを使っているのかもしれない。昨日から今日にかけてしか見ていないが、そんな感じがした。

今度は、こんな文章が書かれていた。

やんだりしません（決して）
オレは、病まないいくらいの強い心を持ってるぜ。

YH

ＹＨって、誰だ？

その人物は、自分と俺の落書をきれいさっぱりと消して、改めて書いている。また、太いマジックで、だ。俺は、ＹＨの自信満々の態度が傲慢に思え、気に入らなかった。トイレの掃除用具が入っている場所のドアを開けると、雑巾が入っていた。手に持つとたっぷりの湿り気がある。これで、俺たちの書いたものを拭いたんだな、と思った。

ＹＨさんへ
決して病んだりしません、と自信を持って言っているようだけど、そんなに強気でいられるなら、なんで自由の風学院に来たんだよ？

ここに来ているヤツらは、皆心に何かしら悩みを抱えているんだと思うけどな。

君の態度、生意気だぜ。

改めてほしい。

ＭＮ

俺は今回、自分のイニシャルを残した。

3

一日おいて、金曜日の落書は、こうなっていた。

MNさんへ
オレは別に病んじゃいない。
あることをやっていて、学業との両立が難しいから、この学校に来ているんだ。だからって、芸能人じゃないぜ。
YH

やっぱり、病んでいないヤツか。

あることとの両立？　芸能人じゃないってことは、どんな職業のヤツなんだろう？

俺は考えた。

俺の頭では考えつかなかった。

その夜、新聞記者をやっている従兄《いとこ》にラインした。

「ＹＨってヤツがいて、そいつがトイレに落書してるんだけど……」

俺はＹＨのことを話した。だが、自分も落書をしていることは伏せた。

「そいつは芸能人じゃないのか。それじゃ、相撲取りなんじゃないのか」

ノリ兄《にい》は迷惑がらずに答えてくれた。

「相撲取り？」

俺は、思わぬ答えにキョトンとした。

「前に、マー坊言ってたじゃん。風学のパンフレットに、相撲取りの写真が載ってたって」

「うん。載ってた」

「その線で押してみる価値はある」

「試してみる。やっぱ、ノリ兄《にい》さんは頼りになるよ」

「また、何でも言ってきて」
「ありがと。試した結果も言うね」
次に俺が書いた落書は、こういうものだ。

ＹＨへ
君は、相撲取りなんだろ？
どうだい、図星だろう。

ところが、違ったようだ。

ＭＮへ

ＭＮ

残念だけど、相撲取りじゃない。

他の職業も考えてみ。健闘を祈る。

なんてな、本当は全然祈ってないけどな。

YH

4

俺は、ここまできたら後へは退《ひ》けないという気持ちになっていた。

またノリ兄にラインをした。

「あいつ、相撲取りじゃないって言ってる。だったら、何だろう?」

「うーん、そうか。実は、あれから、相撲取りじゃない時のために、いくつか候補を考えといたんだ。たとえば、将棋の棋士《きし》とか」

「じゃ、今度は将棋の棋士で押してみるよ」

「ひとつ言ったら、すぐにそれで行くのか」

「だって、ノリ兄、いい職業を思いついてくれたから」

「わかった。試してみてくれ」

「いつもありがとう」

YHへ
将棋の棋士なんじゃね?
もしそうだったら、正直にそう言えよ。隠すのはやめろよ。

MN

スクーリングの日。

トイレに行くと、白いタイルいっぱいを使って、というよりも、ところどころ鏡の部分にはみだしながら、三つの書き込みがあった。

MNへ
将棋の棋士っていうのは、いい線ついてたぜ。だけど、ちょっと違うんだな、これが。正解は囲碁の棋士なんだ。オレって正直者だろ。イエイ、イエイ。

YH

ふうん、囲碁の棋士だったか。惜しかったな。
今日はYHの他にも、俺に宛てて書いているヤツがいるみたいじゃないか。何、何？

MNさんとYHさんへ
俺は、ピース（平和）です。最初に「やみます」と書きました。俺のことが原因で、君たちの言い合いが始まっちゃったから、どうなることかと心配してたけど、平和なところで落ち着きそうなんで、今はホッとしています。俺が変なことを書いたのがいけなかったんだけど、同じ風学で学ぶ仲間なんだから、言い合うのはよくないと思うよ。それから、YHさん、太い文字はやめて、せめて中字にしてくれないかな？　スペース取りすぎ。

ピース

その後には、コレだ。

ピースへ

お前ってどういうヤツなんだ？

平和主義者なのか、そうじゃないのかまったくわからないな。だけど、お前の忠告はよかった。太字はよくない。中字もやめて、いっそのこと細字にすればいいじゃん。

それはそうと、Ｃ組の中に路上駐車しているヤツがいる。校則違反だ。ふたつしかない校則のひとつを破るなんて、たいしたヤツだぜ。

三日月夜《みかづきよ》のマンネリ

俺は落書を読んで、呆然としていた。

最初に「やみます」と書いたヤツがカミングアウトしてきて（ピースじゃ本名じゃないから、カミングアウトしたことにはなってないか）、今度は三日月夜のマンネリなんていう新しいヤツが現れている。それにしても三日月夜のマンネリって、汚い字のヤツだなぁ。こんなひどい字のヤツでも、書くことはいっぱしなんだよなぁ。そうだよな、俺だって同じだよ。ここに書いたり、他人のを読んだりしながら、熱くなったり、批判的になったりしているんだもんな。

友達が極めて少ない俺にとっての、この春一番の楽しみ――それが、このトイレの落書だ。世の中、こういう楽しみがあったっていいじゃないか。

5

俺も負けずに何か書きたいと思ったが、みんなが書きすぎていて、書くスペースを探すのが大変だ。まったくピースの言う通りだ。みんな、特にＹＨなんかは細字にして書けよな。

どこに書こうか、考えていると、ふいにトイレのドアが開いた。

俺は「わぁっ、自分の顔は見られたくない！」と思って、あわてて個室のひとつに逃げ込んだ。

個室の中から外を窺うと、入ってきたのは掃除のおばさんだった。

おばさんはため息をついて、しばらくの間落書を眺めていたが、消し始めた。

俺は思わず心の中で叫んだ。

「ああっ、まだ読んでない人がいたら、どうするんだ？　俺だって、今見たばかりなんだぞ！」

おばさんは全部きれいに消してしまうと、今度は自分で書き始める。


ここに、落書をしないでください。

おかしいだろ、それは？

俺は外へ出て、「落書するなって言って、自分で落書してるじゃないか」と突っ込んでやりたくなった。でも、すぐに気が変わり、黙っているのが得策《とくさく》だなと思って、じっと便座に座っていた。

おばさんが出ていってから、俺は三日月夜のマンネリが言っていた二つの校則について考えていた。

路上駐車と何だったっけ？

手元に生徒手帳があったので、それらが載っていそうな頁を開いた。

構内禁煙！

もうひとつは、構内禁煙だったか。

ここは、大人も通っている高校だから、こういう校則になるのか。だけど、愛煙家《ヘビースモーカー》の俺には守れそうにないよ、この校則。

家に帰ると、自由の風学院からのお便り「風学通信《かぜがくつうしん》」が来ていた。

おお、愛する風学からの……と心の中で言いながら開けた。お便りをもらうのはまだ二回目だったが、先生のリレーエッセイが載っていたり、予定の書き込まれた表が刷られていたり、図書館から「どんどん借りてください」というお勧めが載っていたり、「ハローワークへ行ってみよう」というコーナーがあったりの内容だった。

一回目と違うのは、最後の頁の通信欄にある言葉だった。

「最近、トイレの壁に落書が目立つようになりました。清掃係の方が毎回こすって落としています。迷惑をかけないようにいたしましょう」

俺はびっくり仰天した。

こんなことを書かれてはまずい、と思った。

だからと言って、どうすることもできないんだよ、「落書通信」でつながっている関係もあるんだから、と思ったことも事実だった。

6

その日も、俺が風学トイレの壁に向かっていると、ガサガサと音がして、ふたりの人物が入ってきた。

体育の小野《おの》先生と俺のクラスの福本《ふくもと》美織《みおり》さんだった。

俺は個室に飛び込み、ドアの陰に隠れて息を殺した。ドアの裏側にぴったりとはりついて、物音を立てないようにした。このふたりの組み合わせって、どういうことだ？　美織さんはきれいな人だったので、興味を持つ男子生徒はかなりいるだろうけど……先生までもか。

俺の心に嫉妬心が湧いた。なぜなら、俺も、かすかにだが、美織さんのことを気にしていたからだ。

先生と女子生徒は、話し始めた。

「タバコのにおいがするな」

「トイレってタバコを吸うにはいい場所だから。だけど、なんで、女の私が男子トイレに入らなくちゃならないの？」

口調からすると、美織さんの性格はきっぱりとしているらしい。

「だって、ゆっくり話せるところは、ここしか思いつかないから」

「でも……」

「まぁ、いいじゃないか。それよりもキスしてくれよ」

「ちょっと待って。先生、奥様との話し合いは進んでいるの？」

「ああ、進んでいるよ。そんなことよりキスしてくれよ」

「キスって……？」

「キスだよ、キス」

その後、チューチューという卑猥な音が聞こえた。

「待って。なんか怪しい。ごまかそうとしてない？」

美織さんは、好きな人とのキスにも集中できない様子だ。

「ちっとも怪しくなんかないぜ」

小野先生は、不届《ふとど》き千万《せんばん》にも、美織さんの胸の辺りをまさぐっている。

俺はじっと動かずに、ふたりの様子をうかがっていた。

美織さんの言っていた、奥様との話し合いって、離婚のための話し合いのことかな？

しかし、小野先生ってなんて嫌なヤツなんだろう、俺らの憧れの美少女にいやらしいことをして。しばらくは、小野の手がねばりつくように美織さんのからだを這っていた。

チャイムが鳴ると、ふたりは「やべっ、次、俺、授業あるんだっけ」「私の方にだってあるわ」と言いながら、先を争うようにしてトイレを出ていった。

俺は汗びっしょりになっていた。

個室から出る時には、なんとなく忌々《いまいま》しい気持ちになっていた。

俺の頭にひとつのアイディアが生まれた。

小野先生と福本さんの名前を、真っ白なタイルに書いておくんだ。そのくらいの制裁を加えても罰《ばち》は当たらないだろう。

だが、実際に書こうとサインペンを手にすると、仏心《ほとけごころ》が湧いてきた。はっきり名前を書くのはかわいそうかもしれない。それじゃ、イニシャルにしておこうか。

O先生とFさん　　　　**MN**

こう書いてみると、なんだか素っ気なくて、ふたりの人物の「らしさ」が全然出ていない。でも、あまりひどいことも書けないな、彼らに何も嫌なことをされていないのだから。

そこで、落書の隣に、こうつけ加えた。

ラブラブ発覚！

目撃したのが、人情味のある俺――ＭＮでよかったな、せいぜいＭＮに感謝しろよ、と恩を着せるように思って、トイレを後にした。

教室に入っていくと、前の方の席に座っている美織さんのほっそりとした背中とセミロングの茶髪が目に入った。俺は「見た目は清純そうなのに、中身は……惜しいよなぁ」と思った。

第二章

1

それから一週間もしないうちに、自由の風学院始まって以来の、恐ろしい事件が起こった。

体育教師の小野先生が、俺らのコミニュケーションの場――トイレ――で死んでいたのだ。

第一発見者は、なんと清掃係のおばさんだった。

掃除のおばさんか。スゴクびっくりしただろうな。今頃は事情聴取されているのかな。

俺は、自分が残した、落書のことを考えた。

新聞の第一報では、トイレの落書について何も触れられていない。捜査中だから隠しているのか、それとも取るに足らないことだと判断して、無視しているのだろうか。

翌日の新聞には、驚愕させられるようなことが書かれていた。

「清掃係の女性の犯行か」

俺は記事をじっくりと読んだ。

「……自由の風学院の体育教師、小野晋《すすむ》さんがトイレで刺されていた事件で、警察は清掃係の女性に任意で同行を求め、事情を聞いている。女性は、小野さんの遺体の第一発見者だった」

俺はまたノリ兄さんにラインした。

「風学院の体育教師刺殺事件だけど、調べてくれない？」

「どんなことを？」

「清掃係の女性って、誰のことなのか知りたいと思って」

「マサオ、俺は家庭面の記者なんだぞ。でも、担当の記者に訊いてみてやるよ」

「ありがとう。待ってるよ」

　数時間後。

「木崎路子《きざきみちこ》っていう人だったよ。任意同行されたらしいけど、今夜のうちは口外はナシだぞ」

「わかったよ。誰にも言わない」

「マサオはその女性に、風学内で会ったことあるのかい？」

「まじまじと見たことはないけど、チラッとくらいはあるよ」

「殺人事件が起こって、みんな怖がってるだろうな」

「すごく怖がってるよ。だけど、掃除のおばさんに、体格のいい体育教師が刺し殺せたのかなぁ。あのおばさん、俺の印象では小柄で細くて、そんなに力がありそうには見えなかったけどな」

「そうだなぁ。不意打ちにすれば、か弱い女性でも屈強な男性を倒せるのかもな。俺も、よくはわからないけど」

「不意打ちかぁ」

2

翌日、ノリ兄さんから電話がかかってきた。

「とっておきの情報だぜ。直接、マー坊の耳に入れたくて、電話しちゃったよ。木崎路子さんのことだけど、今風学に通っている福本美織さんって子の、実のお母さんだったんだって。びっくりだろ?」

「……!?」

俺は驚きすぎて、言葉が出てこなかった。

「どうしたんだ、マー坊?」

「だって、だって、福本美織さんっていったら、俺のクラスの女子だよ。そんなことって……」

「メチャクチャびっくりしてるみたいだな」

「うん。それに……」

「それに、何?」

「……人一人が殺されてんだから、隠すことはないよね。言ってもいいよね」

俺の口からは、小さな声しか出てこなかった。

「何？　マー坊、何をごちゃごちゃ言ってんだ？」

ノリ兄さんには、聞き取れなかったようだ。

俺は、トイレの中で、小野先生と福本さんがしていたことを、話すことにした。

「へぇ、そんなことを？　面白い展開だな、それって」

ノリ兄さんは、その話に食らいついてきた。

「だけど、実の母子なのに、掃除のおばさんと福本さんの名字が違うんだな」

「それは、調べがついてるよ。掃除のおばさんは離婚したんだ。それで、旧姓に戻っていたんだ」

「ふうん」

「でも、美織さんは、そのまま父親の姓を名乗ってた。掃除のおばさん、いや、木崎路子さんの美織さんへの愛情は、離婚した後ももちろん変わらなくて。だから、体育教師とつき合いはじめた時、複雑な気持ちだったらしい」

「そのうちに、小野に殺意を抱くようになったというわけか」

「自分の娘が、教師に利用されている、と思ったんだろう」

「そう思えるもんね」

「それで、トイレに呼び出し……。あ、俺はもうこれ以上は言えないな。職業倫理に関わることになってくるから」

ノリ兄さんの声は少し硬くなった。

俺は敢えて空気を読まない、つまり兄さんの気持ちを汲《く》まない態度を取った。

「第一発見者が犯人、っていうことは、実際の事件ではよくあることらしいけど。でも、この事件では、木崎路子が果たして〝殺し〟までするかな、っていう疑問も残るけど」

「……」

「娘を、殺人者の娘にしてしまうのは忍びないと思うんだよね」

「……」

「兄さんは黙っていていいよ。俺は勝手にしゃべっているだけだし、この後は自分で調べることにするから」

「そうしてくれると助かるな」

ノリ兄さんの声の調子が元に戻った。

「大丈夫かな、警察? 誤認逮捕とか、バカなことをしないといいけど」

「お前、掃除のおばちゃんに、全面的に味方してんな」

「そう聞こえる?」

「聞こえるよ。なんか、理由があるのか?」

「別に」

「もしかして、美織さんが好きだ、とか?」

「違うよ。何とも思ってないよ」

「そうか。それは悪かったな」

「……いいけど」

俺は、この時点でも、自分がトイレに落書していたことを打ち明けるのは、嫌だった。道徳的にいけないことをしている、という気持ちはあるのだ。

3

一年後、俺は自由の風学院を卒業した。

だが、そこで力が尽きたので、大学受験の方は浪人することにした。一年間みっちりと受験勉強をするために、有名予備校の門を叩いた。


ノリ兄さんから、「卒業おめでとう」のラインが来た。

俺は「ありがとう」と返信した。

「ところで、マー坊、体育教師殺しの犯人、まだ見つからないみたいだな」

「そうだね。掃除のおばさんは、あれからすぐに証拠不十分で釈放されたみたいだけど」

「あのおばさんが釈放されたのはよかったけど、それなら誰がやったんだろうな」

「風学院の七不思議に、取り上げられるかも？」

俺はちょっとふざけた。

「そんなのがあるのか」

ノリ兄さんは興味を示した。

「うん。この事件で、八不思議になるかもしれない」

「八不思議か……」

「ああ、一日も早く犯人が見つかってほしいよ。野放しになってるのは、怖いもん」

「同感だな」

4

予備校の帰りの電車の中で、吊り広告に目が惹きつけられた。
月刊「フーダニット」が、こんなことを書いている。
「自由の風学院、体育教師殺しの犯人は——妻だった」
妻？
ってことは、奥さんか？
奥さんのことは考えたことなかったな。フーダニットを立ち読みしてみよう。
俺は電車を降りるとすぐに、駅ビルの中にある書店に寄った。
妻の手記という形で、記事が大きく掲載されている。
それは、「私たちはもう何年も仮面夫婦でした。……」というふうに始まっていた。
書かれていることの大筋は、人生経験の乏しい俺でも想像がついた。つまり、夫婦間で、もう長いこと心の交流がなかった、ということだ。その上、夫の浮気、ときては、ひどく頭にきちゃっても仕方がないだろう。

エピローグ

大学を受験するために、調査書の申請をする必要が出てきた。
俺は、久しぶりに風学の校門をくぐり、事務局へ向かった。
事務手続きを終わらせると、足が自然にあのトイレの方角へ向いてしまう。
あれからも、風学トイレに落書をする生徒はいるのだろうか。
トイレのドアを開けて、壁を見ると、こう書かれていた。

ここに、落書をしてはいけません。

この注意書の字には、見覚えがあるような気がする。そうだ、美織さんのお母さんの字だ。懐かしいなぁ。

俺たち——落書をする年代は、全員無事に卒業したんだろう。風学トイレも静かになったんだな。

俺は便座に座り、落ち着いた気分でタバコに火をつけた。

END

幻影

1章

□

夏帆《かほ》は、まだおしゃべりもできないような乳児の頃から、何にでも興味を示す子供だった。

スーパーの中をベビーカーで移動している時にも、面白いものを見つけると、母親に「うーうー」という声で報《しら》せた。

母親は、夏帆の出す信号によく気がついた。

ベビーカーをUターンさせて、子供の見たいもののところへ戻った。彼女の見たいものというのは、たとえばジュースの自動販売機の補充作業だったり、天井に張りついている電球の取り替え作業だったりした。

幼稚園で工作をする時も、先生の説明をよくキャッチして、誰よりも早く仕上げたし、出来上がりもきちんとしていて上手だったので、夏帆の作品は皆の手本にされた。

先生は夏帆の頭を撫《な》でて言う。

「夏帆ちゃんは、もうお外へ行って遊んでいいわよ」

それからほかの園児の方に向き直って、こう言うのだった。

「さぁ、みんな、夏帆ちゃんに負けないようにがんばって作ろうね！」

夏帆の両親や祖父母は、父母参観日を楽しみにしていた。夏帆の工作が水際立っていたからだ。まわりの父母たちからの羨望のまなざしを浴びて、ちょっと得意になったものだ。

□

友達の誕生日パーティーでは、夏帆は得意の折り紙を折ってみせた。

皆に特に人気だったのは、薔薇《ばら》の花の折り紙だった。折り方はきわめて単純なのに、出来上がりが複雑に見えるところがいい、と言われた。

□

小学校に入る頃になると、夏帆は空き箱や包装紙を大切に取っておくようになった。母親にも「いつか必ず使う時が来るんだから捨てないでね」と言うようになった。母親は喜んで取っておいてくれた。

□

「一番好きな季節はいつ？」と訊かれると、夏帆はほかの子供たちと同じように、「夏。だって水遊びができるもん」と答えていたが、中学に入る頃からだんだんと変わってきた。

その頃になると夏帆は、休日には、白いレースの襟のついた小花模様のワンピースを着て、長い三つ編みを胸の上に垂らすような、夢見がちな少女になっていた。『赤毛のアン』のアンのように、いつも通る道や家の近くの小さな林に特別な名前をつけたし、『あしながおじさん』に出てくるジュディのように、毎晩寝る前につける日記には愛称をつけて呼ぶようになった。

□

夏帆の人生で、十数回目の夏がきた。

今の彼女は、初夏が一番好きだった。ぼんやりとした春が終わったけれど、厳しい暑さまではまだ時間がある、そんな季節。

日照時間が長くなってきて、長袖では少し暑く感じられるが、それでもたくさんの汗をかくほどではない初夏。なんとなく気分がうきうきしてきて、自転車に乗りたくなる。

2章

□

自転車に乗ったからといって、どこへ行くというあてもなかった。

ただ家から学校までの道を走らせていた。　すると、「あけぼの公園・こちら。菖蒲が見頃です」という看板が目についた。

夏帆は、小学校の時に一度だけ学校で、あけぼの公園に行ったことがあった。あれからずっと行っていないなと思い、あけぼの公園の方へ続く道へと折れた。

□

いくつかの坂を上り下りして、少し息が切れてきた頃、目の前に紫の絨毯が広がった。

「わぁー、想像してたよりもきれい！」

夏帆は心の中で歓声を上げげた。


「きれいだろ？」

耳のすぐ近くで男の人の声がした。

夏帆は急いで振り返った。

「あ、近藤《こんどう》……清彦《きよひこ》君？」

夏帆は驚いていた。

ささやくような小さな声で尋ねた。

「どうして、あなたがここにいるの？」

「『あなたは三年も前に死んだんじゃなかったの？』って言いたいような顔だね」

夏帆に名前と呼ばれた少年は、少しおどけたような表情を見せた。

「そうよ。その通りだわ」

「ここでずっと君を待ってたんだ」

「私を？　私がここに来なかったら、どうするつもりだったの？」

「君はきっと来てくれる、って思ってた」

「どうして？　どうしてそう思ってたの？」

「だって、君はラベンダーやパープルが好きじゃない？　だからいつかこのあけぼの公園の菖蒲畑を見に来る、ってわかってたんだよ」

「あの時あなたの身に何が起きたの？」

「このあけぼの公園の池に落ちて死んだんだ。冷たいみぞれが降る夕暮れだった」

「大人たち、みんなで必死になって捜索したのよ」

「でも見つからなかった、んだね？」

「……あなたのご両親は、まだあなたが戻ってくるって信じてるわ」

「信じてたって駄目だよ。もう僕は池の中で骨になってるんだから」

清彦は寂しげな笑みを浮かべた。

「あなたは死んでるのなら、どうして私にあなたの姿が見えるのかしら」

「君だけは特別なんだ。君は無類の夢想家だから。そういう人には僕が見える」

「私が無類の夢想家？」

「そう、君は想像力が豊かだ。その想像力でほかの人にはつかまえられないものをつかまえちゃうんだよ。だから僕の姿も見えるし、話すこともできるんだ」

「私のような人間はきっと少ないのね。近藤君……池の中では、友だちがいないのでしょう？　いる？」

「人間の友だちはいないよ。鯉やザリガニやカメの友だちなら、できたけど」

「鯉やザリガニやカメ……そんな友だちって私には考えられないわ。……私、これからなるべくここへ来るようにするわ。近藤君にもう寂しい思いはさせない」

「どうして、君がそこまでする？」

「……それは……それは、近藤君のことが好きだったからよ。もちろん今も好きだから、何度でもここへ来たいの」

「ありがとう。できたら生きてる時にその言葉を聞きたかったな」

「私も……生きてるときに言いたかったわ。でも、できなかった。私、すごく照れ屋だったから。照れ屋っていうのも、不便なものね」

「そうだね。僕も照れ屋だったな」

「近藤君の弾くピアノの音色は素晴らしかったわ。私、忘れられないわ。またこの耳で聞きたい」

「ありがとう。そう言ってくれるのは、君だけだよ。家族は全然評価してくれなかったんだ。特に父ちゃんなんか、ひどいものだったよ。男がピアノを上手に弾いてどうするんだ、って言ってたくらいで」

そう言って清彦は、さっきより一段と寂しい目をした。

「おじさんは自分がスポーツマンだったからだわ。あなたにもスポーツをやってほしかったのね」

「うん、そうなんだろうね。でも僕、君も知ってると思うけど、スポーツはからきし駄目だからね。上手な人のプレーを見ているのは好きだけど、自分でやるのは気が進まないんだ。そこいくと、ピアノはいくら弾いていても全然飽きないし、疲れなかったなぁ」

「ピアノと言えば、あの時の近藤君の姿、はっきりと思い出せるわ」

「もしかして、中三を送る会のことを思い出してるの？」

「そうよ」

夏帆はニッコリした。

清彦も嬉しそうな表情を見せた。

☆☆☆

夏帆と清彦は中学一年生だった。

二月の半ば「卒業生をを送る会」で、ピアノの伴奏をする生徒を募った。腕に覚えがある生徒たちはお互いに相手の顔を見て、牽制《けんせい》しあっていた。卒業生を送る会の任に当たっている教師の中で、音楽科担当の先生が、朝会でこの会のことを話した。

「毎年恒例の卒業生を送る会のお知らせです。生徒たちがうたう歌の伴奏をしてくれる生徒《ひと》を決めたい、と思います。ピアノを習っている人なら誰でも音楽室に来てください。今日、明日、明後日《あさって》の三日間の昼休みを使って、オーディションをします。皆さん、奮って参加してくださいさい。最終的には私が音楽科担当の教師《もの》として責任を持って、伴奏に適していると思われる生徒ひとりを選びます」

夏帆のクラス一年三組は、ほかのクラスに比べてピアノを習っている生徒が多かったが、ほとんどが女子だった。だから男子でピアノをうまく弾きこなす清彦の存在は、珍しいと同時に貴重だった。夏帆は断然彼を推薦したいな、と思った。

そう思っているところへ、同じクラスの仁美《ひとみ》が来た。仁美は仕切りたがり屋だったので、夏帆は彼女が好きではなかった。

仁美は夏帆の気持ちなんておかまいなしに、こう言った。

「夏帆、今年はうちのお姉ちゃんが卒業だから、私が伴奏をしたいわ。姉妹そろっての記念になるもんね。だから、ね、夏帆、私のことを推薦してよ」

夏帆は、仁美を推薦することに気が進まなかった。あつかましいところが嫌味だったし、彼女が日頃あまり熱心にピアノの稽古をしていないことを知っていたからだ。

それで、夏帆はこう言った。

「仁美は自分で名乗り出ればいいじゃない。その方がやる気が見せられて、先生たちに対して印象がいいわよ」

仁美は首をかしげながら言った。

「そうかなぁ。それじゃ、自分で、やりたいって言ってみるね」

それから、他の友だちの方へと離れていった。

夏帆は清彦に近づいた。

「近藤君、ピアノの腕前をみんなに見せられるチャンスじゃないの」

「え、僕が？」

「そうよ。ほかに誰がいるって言うの？　思いっきり弾いてよ。私、すごく聞きたーい！」

「う、うん、じゃ、やってみようかな」

「立候補する？　それとも私が推薦しようか」

「君に推薦されるとなると、みんながからかってきてうるさくなるから、自分で言うことにするよ」

「そうね。それがいいわね。善は急げと言うから、今日の昼休みにオーディションを受けに行ったら？」

「うん、そうする」

その日の帰り、夏帆はまた清彦の席に話しに行った。

「オーディション、どうだった？」

「曲名を書いた紙を渡されて、この中で弾ける曲ある、って訊かれたよ。紙を見たら、全部僕の弾ける曲だった」

「それはよかったわ。それじゃ、あなたが選ばれるわね」

「まだ、わからないよ。駄目かもしれないよ」

「大丈夫よ、絶対に選ばれる！　私、そんな予感がするの」

夏帆の予感は当たり、清彦はピアノの伴奏者に選ばれた。

彼の弾いた曲は「あの素晴らしい愛をもう一度」「今日の日はさようなら」「贈る言葉」「卒業記念日」「幸せを売る男」「イエスタディ」「枯れ葉」「第一校歌」「第二校歌」の九曲だった。

あとでわかったことだが、清彦のピアノ演奏が素晴らしいことに気づいた音楽の先生が、インスピレーションで、課題曲を例年より三曲増やしていたのだった。その思いつきは、歌好きの女の先生や女子生徒に大いに受け入れられた。もちろん夏帆も大喜びで口を大きく開けてうたった。

□

「中二の生徒も大勢いる中で、中一のあなたが選ばれたのよね。すごく名誉なことだと思ったわ。私、まるで自分のことのように嬉しかったわ」

「……ありがとう」

「今でもはっきり思い出せるの、近藤君のピアノの音色。同じドの音でも、強く弾く必要のある時と、優しく弾かなくちゃならない時があるわ。そういうことを近藤君はきちんとやってた。だから、音色がすごく美しかった。でも、他の人たちは一本調子だったわ。一音一音が生きてない、っていうのかしら、ね」

「君がそこまで聞き分けてくれてたとは、感激しちゃうな。あの時は、僕も胸を張って壇上にのぼったよ。音楽の先生の心遣いで、九曲も弾かせてもらえた。あの先生には感謝してる」

「あの先生自身も、あなたの演奏が聞きたかったんでしょう、きっと。……あの会の後、女子たちはあなたのことを噂し合ったものだったわ。女子みんながあなたのファンになったのよ」

「あの時が僕の人生の花だったんだなぁ。こんなに早く終わりが来るとは思ってなかったからね」

「残念ね。あ、嫌だわ、私、残念なんて言葉は使いたくないのに」

「僕だって、使われたくないよ」

「でも、やっぱり残念。これ以上ピッタリの言葉はないもの」

夏帆は清彦の目を見つめた。

清彦も夏帆の目をじっと見つめ返した。

3章

□

夏帆は清彦に、明日も同じ時刻に来ることを約束して別れた。

帰り道、自転車を漕ぐ足が重かった。

夏帆の大好きな初夏にもかかわらず、太陽は強い力でギラギラと輝いている。彼女はまぶしい光に包まれた。

視界が狭《せば》まるのを感じた。激しい耳鳴りも始まった。だんだんと膝《ひざ》に力が入らなくなってくる。まぶたが重くて、目が自然に閉じてしまう。こんなことは初めての経験だ、と夏帆は思った。

小石に乗り上げたのか、夏帆の自転車の前輪が持ち上がった。「あ、怖い！」と感じた瞬間、腕と足の感覚がなくなった。

□

夏帆は目覚めた。

目をパチパチさせていると、母親が気づいて声をかけた。

「夏帆、気がついたのね？　よかった」

「お母さん、ここ病院ね？」

「自転車ごと道に倒れていたのよ。見つけた人が救急車を呼んでくれて……」

母親は嬉し涙を拭き拭き説明した。

「……丸一日意識不明だったから、すごく心配だったわ。このまま目が覚めなかったらどうしよう、って。ケガをしてなかったのが、不幸中の幸いだったけど……」

「私、自転車であけぼの公園に行ったの。菖蒲がきれいだって知ったから。……菖蒲を見て、帰ろうとして自転車を漕ぎ始めたら、頭がくらくらして、足が重くなって、そのあとは全然覚えていないの」

「そう。でも、本当によかった。今、看護師さんを呼んでくるから待っててね」

□

「まだ本調子じゃないんだから自転車に乗るのは無理よ、やめておきなさい」と忠告する母親を振り切って、夏帆はまたあけぼの公園へ向かった。

公園につくと、相変わらず菖蒲はきれいだった。

あの日と同じように、菖蒲畑と菖蒲畑の間の畦道《あぜみち》を歩いた。清彦が現れてくれると信じて待ってみたが、夏帆のそばへ近づいて来てくれる人はいない。

「近藤君」

小さな声で名前を呼んでみても、さわやかな風が吹き抜けていくだけ。

初夏の、澄んだ大気の中で見た、幻影。

公園の売店で鯉の餌を買って、清彦が沈んでいるという池のほとりに立った。

鯉は、夏帆の投げ入れる餌に群がってくる。

「大きくなって夢想家でなくなる時が来ても、きっとまたここに来よう」

夏帆はこう思った。

END

友人

1

憧れの恵愛《けいあい》女子中学校に入学できて喜んだのも束の間、亜矢《あや》の生活のリズムはどんどん狂っていった。

こんなはずではなかったのに、と彼女は途方に暮れた。

亜矢のまわりには、なぜか先生に睨《にら》まれるような生徒ばかりが集まっていた。スカートを極端に短くして、髪は結ばず、色柄つきソックスをはいて、授業中にはお菓子を食べ、手紙を回す。鼻つまみ者たちばかり。

仲間が寄ってきたのが先か、自分が校則違反をし始めたのが先か、今の彼女にはもうわからなくなっている。

生活が乱れるとともに、心の中もすさんできていた。

おとなしくて気の弱そうな子を選んでは、わざといやがらせをした。髪の毛を引っ張ったり、頭の上から消しゴムのかすをふりかけたり。冷水器で飲んでいるときに、背中を押したりもした。

彼女の悪い行いを親に報告する電話は、学校から頻繁《ひんぱん》にかかってくるようになった。

電話口に出る母親は、受話器を持った状態で毎回ペコペコと頭を下げていた。

「そんなふうに頭を下げても、電話の向こうの先生には見えてないんだから、無駄じゃない？」

こう言って、彼女は母親の態度を馬鹿にした。

「何言ってるの。一生懸命受験勉強をして入った学校じゃないの。あなたが態度を直してくれなかったら、退学処分にされちゃうのよ。もったいないと思わないの？　どうしてこんなことになってしまったの？　ああ、頭痛がしてきた。あっちでちょっと休むわね」

母親は頭を抱えて、寝室の方へ行った。

もちろん亜矢だって、退学にはなりたくなかった。退学になったら、もう自分の行く場所はない。いまさら地元の公立中学校へなんて、行けない。公立中学校へ行ったら、自分がいじめられる側に回ってしまう。そうなったらとても耐《た》えられない！

2

九月の一週目の月曜日、亜矢は右足を挫いてしまった。体育祭の練習中の出来事だった。たいしたことないと最初は軽く考えていたが、挫き方がひどかったのか、翌日の朝には痛みが増していて、痛めた部分は紫色に変色していた。

母親はひどく心配して、亜矢に学校を休ませ、車で近くの整形外科へ連れて行った。診断の結果、ただの捻挫ではないことがわかった。足の甲の部分に、小さなひびが入っていたのだ。道理でいつもより痛いはずだ、と亜矢は思った。体育祭は、休まざるを得なくなった。

翌日、右足にギプスをはめ、松葉杖をついて学校へ行くと、クラスの皆が興味深そうにじろじろと見た。

生活指導の教師は、日頃の行いが悪いからそうなるんだという冷淡な視線を、亜矢に向けた。

いつもの仲間たちはもっと冷たかった。「ちょっと足が悪くなったからといって、頼ってこないでね。自分のことは自分でしてね」という顔をした。

そのくせ、悪いことには相変わらず彼女を引っ張り込もうとする。

こんな連中と長い間つき合ってきたのか、と思うと、亜矢は情けなかった。彼女らと自分との間には、ひとかけらの友情も生まれていないんだ、と悟った。意味のない関係を続けていただけだ。亜矢は、悔しさと共に寂しさも感じた。

3

一週間が経ち、松葉杖なしでもゆっくりとならなんとか歩けるようになった。でも、ギプスは外せなかった。ギプスを嵌《は》めた足には、大きめのサンダルを履き、悪くない方の足にはいつもの上履きを履いた。上履きとサンダルではかかとの高さが違う。だから、斜めに傾きながら歩かなければならなかった。

三時間目の化学が終わった時、亜矢の悪い仲間たちはくすくす笑って、目配せし合っていた。黒板によくないことを書こうとしているんだな、と亜矢にはすぐわかった。理科の教師が気に入らないから、という理由で、その教師が黒板に残していった化学式の上に毎回落書きをする。

この教師は、この学校では特に厳格な人物だったから、素行のよくない生徒たちを、目の仇《かたき》にしていた。

その教師の文字の上にする、馬鹿げたいたずら書き――仲間たちは、毎週の毎時間、飽きることもなくやっていた。

死ね　死ね　死ね　　死ね　死ね、死ね……

亜矢も書くように強制されていた。足を悪くした今日も、仲間たちは見逃してはくれなかった。亜矢は、サンダルをはいた足をひきずって前へ出て行き、書いた。

(私、何をしてるんだろう？　こんなに無理をして……。心が軋《きし》んでいる)

化学の教師の文字は「死ね」という文字に埋まって、まったく見えなくなった。彼の、男性にしては高い声をからかうような言葉も、その横に書き込まれた。

黒板いっぱいに書いたところで、仲間たちの気も済んだらしく、薄ら笑いを浮かべながらめいめいの席に戻って行く。

亜矢も、自分の席にのろのろと戻った。

四時間目の授業開始を告げるチャイムが鳴った。

四時間目は、古典だった。

4

古典の青山《あおやま》先生が黒板の前に来た。しばらくの間じっと見ている。

亜矢は、胸の奥が激しく痛むのを感じた。

青山先生は、彼女がひそかに好きだなぁと思っている女性の先生だったからだ。古典という科目が実は好きな亜矢は、それを教えている先生のこともどうしても嫌いになれないのだった。

先生は、これからどんなことを言うのだろう？　亜矢は、先生の言葉を待っていた。

先生は教壇に上がる前に、静かに口を開いた。

「このクラスには、人生に疲れた人が何人かいるようですね」

先生の発した予想外の言葉に、クラス内が少しざわめいた。

青山先生はいつでも冷静な人だ。そして時として、ブラックな雰囲気の漂うユーモアを言うのだ。

「この落書きを書いた人は、誰ですか。正直に前に出てきて、消してください」

先生は別段怒ったような様子もなく、こう言った。

亜矢は仲間たちの様子を窺《うかが》った。思った通り、名乗り出る人はいない。

先生は、もう一度尋ねた。

「誰ですか。前に出られないのですか」

クラスのざわめきがおさまり、しいんとなった。

「名乗り出る勇気がない人に、こういうことをする資格はありません」

先生の今度の声は低かったが、きっぱりとしていた。

青山先生の言葉は、亜矢の胸の奥に沁《し》みた。先生の言うとおりだと思った。

先生は教壇にのぼった。教壇の上からクラス中を見渡している。

いくら待っても、生徒たちは沈黙し続けている。

「出てこないのなら、仕方がありませんね。では、日直さん、お手数ですが、代わりに消してください」

先生は日直を目で探しながら、言った。

その時、亜矢は立ち上がり、二、三歩前へ出た。その動きは、日直が前へ出るよりも早かった。勇気を振り絞って、こう言った。

「先生、これは決して、私ひとりがやったことではありません。私ひとりが書いたんじゃないんです。でも……消します」

亜矢は、黒板いっぱいの落書きを消し始めた。遅れて出てきた日直は、亜矢を手伝った。

青山先生の古典の授業が終わって、昼食の時間になった。

亜矢は思った。(私はもう孤立したんだろうな。今までのように、仲間たちとは食べられないんだろうな。私が、黒板の文字を消したから。彼女たちにとって、私は、裏切り者)

「いい子ぶっちゃって……」

案の定、仲間たちは亜矢の机や椅子を蹴ってきた。

亜矢は無言で、蹴られた机と椅子を元の位置に戻した。戻した席で、ひとりで弁当を食べた。ひとりで食べる昼食は、初めてだった。これからは、誰にも頼れない日々が続いていく。ごま塩のふってあるご飯を食べると、いつもよりも塩辛かった。涙が混じっているせいかもしれない、と思った。

5

五時間目は、美術だった。

美術の時間は、絵の道具一揃いを持って美術室に行くことになっている。

素行不良な仲間たちは、亜矢を追い越して、どんどん階段を上って行く。ときどきわざと亜矢にぶつかったりする。

亜矢は惨めな気持ちで、階段を上った。悪い右足を庇《かば》いながら、一段一段ゆっくりと上っていく。

あっ！
五、六段上ったところで、亜矢はバランスを崩《くず》してしまった。そのせいで、絵の具箱を落としそうになった。絵の具箱は落とすと蓋《ふた》が開いてしまい、中の絵の具がバラバラになって飛び散る。そんなことになったら、もっと惨めな気持ちになってしまうに違いない。それだけは避けたかった。
と、その時、亜矢の絵の具箱を受け止めてくれた人がいた。

亜矢はその人を見て、意外な気がした。

彼女は、普段は比較的目立たないように振舞っていたからだ。今の積極的な行動と彼女の性格が、しっくりこないような気がした。

彼女は、亜矢に優しく声をかけた。

「危なかったわね。大丈夫？」

「ありがとう。ころびそうで、こわかったわ。……でも、どうして？」

「どうして？　ってどうして？」

「だって、私のこと、ずっとイヤな人って思ってきたんじゃない？」

「う……ん。正直言って、そう思ったこともあったわ。でも、さっきの態度見て、見直しちゃったの。すごく勇気ある人だなぁ、って」

「ああ……あれね」

「なかなかできることじゃないと思う。勇気の要ることだったと思うわ。私、斉藤香奈《さいとうかな》。もしよかったら……たった今から、友達になろうよ」

「友達？　いいの、こんな私なんかで？」

「当たり前でしょ」

「……そう、ありがと。私、桐島《きりしま》亜矢。あ、もう知ってるよね？　何言ってるんだろ、私」

「うん、よく知ってる、桐島さんのこと」

「そうだよね。私はクラスのトラブルメーカーだったものね。今までずいぶんみんなに迷惑かけてきたよね」

「でも、今のあなたは違うわ。生まれ変わったんだから。もう全部過ぎ去ったことよ」

「過ぎ去ったことか……。ありがとう」

「……私、ずっとあなたのこと見てたわ。そして、思ったの。あなた、無理してるな、って。ずっとやりたくないことをやってきたでしょ？」

「……？」

「……でも、もうやりたくないようなことは、やらなくていいと思うよ。……じゃ、これからよろしくね」

そう言う香奈の目は、晩春の光のように温かだった。亜矢は、丸く差し込む木洩れ日を連想した。

「あ、携帯見るのがこわいな」

亜矢の口からぼやきのような言葉が漏れた。

香奈がすばやく反応した。

「メアド変えちゃいなよ」

「え？　うん……」

「変えるっきゃないでしょ。変なメールは見なきゃいいんだから。変えたら、それ、私に教えてよ、早速メールするから」

6

こうして、亜矢は香奈と友達になった。

香奈のようなまともな（素行不良でない）友達を持つのは、この学校に来てから初めてのことだったから、とても新鮮だった。

弁当も香奈のグループと一緒に食べるようになったので、寂しくなくなった。彼女を通じて、新しい友達もできた。みんな、彼女のように純粋で誠実なのは当然だったが、よく知り合ってみると個性的な人ばかりだった。例えば、アニメについて語らせると機関銃のようによくしゃべる人がいて、片や、おっとりしていて時々関西弁が出るような人もいて、面白かった。ぽっちゃりしていて運動が苦手かなと思うと、実は身のこなしが敏捷だ、という人もいた。この人は、ソフトボールですごい球を投げたので、のちになっても驚かされた。

最近は、先生方との関係も変わってきたように思えた。あの厳格な化学の先生でさえも、亜矢のことを受け入れてくれているようだ。（あの先生は、ただ意地悪で私たちを注意していたわけじゃなかったんだ）亜矢にはそれがはっきりとわかった。

なんと言っても、亜矢にとって一番嬉しいことは、古典の青山先生の目が変わってきたことだ。

先生は、「それでいいのよ。それが、あなたの本当の姿よ。これからもその調子でね」と、遠くから優しげな目で応援してくれている。

亜矢にとって、学校が暮らしやすい場所になった。

何もかも、香奈のおかげだ。亜矢は彼女に、心の底から感謝した。

7

ある時、香奈が言った。

「ねぇ、ディズニーランドとかの遊園地に一緒に行ける友達と、動物園や水族館に一緒に行ける友達は、まったく種類が違うと思うんだけど……」

亜矢は彼女の言おうとしている意味がわからずに、キョトンとした。

「遊園地って、ワーワーキャーキャー言ってればそれで済むから、それほど仲がいい友達でなくても一緒にいられると思うんだ。でも、動物園や水族館に行ける友達は、かなり打ち解けてないとダメだと思うの。何時間でも黙って一緒にいられる、とでもいうのかしら」

「相手が黙っているからって、もしかして怒っているんじゃないかな？　なんて気をまわしたりしない友達のこと？」

「そう、そう。そういう友達関係って、すごくいいと思うの。私たち、そういう関係を目指そうよ」

亜矢は香奈の言葉が嬉しすぎて、すぐには答えられなかった。

「……うん……そうだね。そう……しよう」

やっとのことで、亜矢はこう答えたが、何度も言葉が詰まった。

香奈はにっこりと笑って、言った。

「よかった！」

END

明日

プロローグ・秋の風景

電車から見る風景は、すっかり秋に変わっていた。木々の葉は赤や黄色に色づき、すすきの穂先は、さやさやと風に揺れている。

俺の前の座席は広く空《あ》いていた。空いているというよりも、誰も座っていなかった。だが、座ろうという気持ちは起きなかった。立っている方が、緑《みどり》の乗っている隣の車両が見やすいからだ。

このところ、俺の心は晴れない。これはすべて緑のせいだ。彼女を恨みたい気持ちになっていた。

隣の車両に素早く目を走らせると、緑もこちらを見ている。俺は気まずくなり、あわてて目をそらした。

第一部

第一章

1　妬心《としん》

M駅に着くと、俺は後ろを見ずにホームに下りた。緑に追いつかれないように、できるだけ急いでエスカレーターに乗ろう。そう思うと気が急《せ》いて、転びそうになった。こんなところで転んだら道化だ。そんな格好の悪い役柄はまっぴらだ。

改札を出て、だいぶ行ったところで振り返ると、緑の姿が遠くに見えた。幸いなことに、今度はこちらを向いてはいなかった。

緑の気がしれない。あんな男《やつ》とつき合おうとしているんだから。あんな軽薄なヤツのどこがいいんだろう。たとえ向こうが近づいてきたって、はねつけてやるくらいの気概《きがい》を見せてほしいものだ。それなのに、自分から誘うような態度をとって、擦《す》り寄らんばかりにしているんだから、呆れてものが言えない。思わず握りこぶしを作ってしまった。そのこぶしに力を入れてしまうほどのいまいましさだった。

2　病気

俺は幼い頃高い熱を出したせいで、右半身が少し不自由になっていた。右の耳も少しだけだが、遠い。

母親はいつでも俺に謝っていた。

「ごめんね。母さんが気をつけてあげなかったから、こんなからだになっちゃったんだね。私が悪いんだね」

その度に小学三年生の俺は答えた。

「母ちゃんのせいじゃないよ。これは、これは……だって、だって、僕はこうなる運命だったんだもん」

それでも、彼女は自分を責め続けた。

「そんなことはないわ。やっぱり私のせいよ」と言って、きかなかった

母親は、俺のからだをよくするために、とても熱心だった。

俺を一般の病院にかけて、ある程度治療を受けさせた後、リハビリ専門の病院に連れて行った。リハビリは、幼稚園の年長組の頃から小学校四年生まで続けた。主にしたのは、歩行訓練だった。彼女は、俺のからだをなんとかしてもとに戻そうとしていた。俺には「心配しないでね、絶対に治るから」と言って、勇気づけていた。

最初は俺も小さかったから、疑うこともなくその言葉を信じた。だが、母親がどんなにがんばっても、何回リハビリに連れて行っても、俺のからだは治らなかった。これは、彼女にはひどくつらいことで、小五になった俺に「ごめんね、母ちゃんは無力だね。治してあげられないね」と謝っては泣いた。

子供は、大人が思うよりもずっと何でもわかっているものだ。俺は自分の右半身についていて、とっくにあきらめていた。だから、母親の言葉は聞かなくてもよかった。

小学校の最終学年になった俺は、彼女を楽にしてあげるために、少しだけ笑って言っ

た。

「いいよ、いいんだよ。治らないことは、俺も薄々は気づいていたんだ。でも、これは母ちゃんのせいなんかじゃないよ」

3　不協和音

父親の不倫が発覚して、家庭の中は荒れた。

彼は、息子にばかりかまけている妻に嫌気がさしたのだろう。夫婦間に諍《いさか》いが絶えなくなり、母親は放心したように、台所の椅子に座っていた。彼女は両親と姉を早くに亡くしていたし、内向的な性格で友人と呼べる人もほとんどいなかったから、家庭内の揉め事を誰にも相談できずに、ひとりで考え続けていたようだ。

彼女は、悩み抜いた末に亡くなった。

ある日、台所の床に倒れていたのだ。目立つ外傷はないようだったが、変死扱いされた。彼女が亡くなるところを誰も見ていなかったからだ。家に警察が来て、変死の時の規則に則《のっと》って、全部の部屋が調べられた。

母親の変死は、結局は「極度の疲労からくる心臓麻痺」ということで片付いたが、俺は自殺したような気がしてならなかった。苦悩から逃れたいがために、自ら選んだ死。死によって、自分の人生を完結させた。俺にはそう思えた。

亡くなったのは、一年前、俺が高校二年生の時のことだ。

母親の生涯は気の毒なものだった、と思ったが、あまり涙は出てこなかった。これは、俺が大きくなるに従い、心を閉ざしていたからかもしれない。

俺だけではなく、父親もあまり泣いてなかったように思う。

残された家族の態度が、傍目《はため》には大して悲しんでいないように見えたのだから、警察は不審に思ったようだ。だから、鋭い目が俺と父親に向けられるのは、やむを得ないことだった。

父親にしてみれば、母親が死を選んでくれたことで、ホッとしただろう。これからは妻に気を遣わずに、おおっぴらに外の女性と会えるようになるのだから。

俺は、母親が亡くなった頃には、父親を含めて世の中を斜めに見ていたから、父親の女性関係については、特に何とも思わなかった。……と、思う。いや、わからない。今は感覚が鈍麻《どんま》しているから、わからないだけなのかもしれない……。

麻痺が解けた時に、自分の脳がもっとずっと大人になっていたらいい。

俺は、そうなっていることを切に望んでいる。

4 緑のこと

立原《たちはら》緑とは、幼なじみだ。

小学校から高校まで偶然同じところへ通っていた。

今は、緑も俺も普通の高校に通っていた。

彼女は生まれつき右足が短かった。だから、右側にカタンカタンと傾斜しながら歩く。

だが、彼女の顔には、凛《りん》とした気高さと美しさがあった。それは、右足の障害を打ち消してしまうほどのものだ。

彼女は、癖のない黒髪を高い位置で束ねるヘアースタイルを、好んでしていた。引き締まった横顔にそのスタイルがよく似合っていた。

5　小室《こむろ》のこと

俺は今の高校で、少しばかり親しくなれる友達を見つけた。

その友達と、この夏、一緒に祭りに行った。

——友達、祭り。俺にしてみれば、まるで夢の中にいるようだ。閉ざしていた俺の心をこじ開けてくれた男。

彼は小室という名前で、小学校のとき交通事故に遭い、左手が少し不自由になっていた。にもかかわらず、彼には卑屈なところがまったく感じられなかったので、俺は感心していた。彼の性格がよくわかってから、苦しいことやつらいことがあった時には、俺は彼のことを思うようになった。こんな時小室だったらどうするのか、と想像するのだ。これには、だいぶ効き目があった。嫌なことが減っていく。……そうしていることは、彼には話してなかった。これからも、打ち明ける気はなかった。うまい言葉で伝えられないなら、打ち明けない方がいいに決まっている。

三年生になった。俺と小室はまた同じクラスになれた。これは、先生方の俺に対する配慮かもしれなかった。きっと「気難しい井坂《いさか》に、高校生活の全期間を通して、せっかく友達ができたのだ。だから、ここはひとつ、井坂のためを考えて、小室と一緒のクラスにしてやろうではないか」と思ったにちがいない。決して、小室のためではないのだ。温厚な性格の彼には、俺のほかに何人もの友達がいるのだから。

第二章

1　内山《うちやま》のこと

俺が小室としゃべっていると、そこへ同じクラスの内山がおずおずとした態度でやって来た。

「話の途中でごめん」

俺たちは彼を見た。

「何か用か」

小室が訊いた。

内山は控え目な笑顔を作って言った。

「前から思ってたんだけどさ、井坂と小室って仲がいいよね。できたら、僕も君たちと話してみたいな、なんて思うんだけど……」

「なんで、お前がそんなこと思うんだよ？　俺ら、障害者仲間なんだぜ。お前はどこも悪くないじゃん。お前は健常者とつき合えばいいだろ」

俺はちょっと自嘲気味になっていた。

「いいんだよ。僕、井坂や小室の方が気楽につき合える気がしてるんだから」

内山は思いがけないことを言った。

「えーっ、どういうこと？　どこも何でもないヤツが、そういうこと普通言うかなぁ。小室、今の言葉、どう思う？」

俺は驚いて、その驚きを声に表した。

小室は難しい顔をしていたが、答える言葉は優しかった。

「井坂、お前の気持ち、わからなくはないけど、俺は、まぁ、いいじゃないかよ、とも思うんだ」

「えーっ、お前って大胆なやつだなぁ。信じられないよ」

俺は自分でも、おおげさかなと思うほどの言い方をした。

どこまでも優しい小室は、フォローした。

「そんな言い方すると、内山が気にしちゃうじゃないか」

内山が、口の中でもごもご言いながら謝った。

「ご、ごめん、ごめん。あ、あの、僕の言い方が気に障ったなら謝るよ。僕、うまく言葉を選ぶことができなくて、ホントにごめん。だけど、僕だって、障害者なんだよ。少なくとも自分ではそう思ってるんだ」

「そんなふうにはちっとも見えないぜ。どこが障害者なんだ？」

俺は尋ねた。

「だからさ、井坂には見えないところに大きな障害があるのさ」

「どこに？　まさか頭になんて言わないだろうな」

「言わないよ」

「顔とか言ったら、怒るぜ」

「言わない、言わない。だって……障害は心にあるんだもん」

「心にぃ？」

内山の答えは、俺にも小室にも思いがけないものだった。

「そう、僕は重い鬱病《うつびょう》にかかってるんだ」

「へぇ、そんなこと、教室なんかで軽々しく言っちゃっていいのか」

「いいんだ。君たちにはなぜか正直に言えるんだ。……ちょっとこれを見てくれよ」

内山は、ワイシャツの左腕をまくって、手首から上の部分を、小室と俺に見せた。

そこには、横に切った無数の切り傷があった。

小室は目を丸くしていた。俺の目も同じになっていたことだろう。

リストカットの痕《あと》——俺たちの目は、その傷痕に吸いよせられた。

小室がつぶやくような小さな声で言った。

「世の中にはこういうことをする人がいるって、噂には聞いていたけど、こんなに身近にいるとはね。こんなことして、お前、痛くないのか」

「あんまり。いや、全然痛くないよ。こういうのって、そういうもんじゃないんだ。カッターナイフを腕に置いてスーッと引くと、まずは白い線がついて、その線がみるみる赤く色づいて、そこからジュワジュワっと血が吹き出してくる。それを見てると、何とも言えない快感を感じるんだ」

「へぇ、快感かぁ」

小室は未知の世界に触れて、興奮している。

内山は、ほんの少しだけだが、得意そうに話を続ける。

「リスカだけじゃないよ。アムカ、レグカもしてる」

「アムカ、レグカって何だ」

「アームカット、レッグカットの略だよ。あと、首も切ってることがあるよ」

「首も……。ゾッとしちゃうな」

小室はぶるぶるっと震えた。

「首は他人に見られることがあるから、最近はやめてる」

「そうだろうよ。傷をつけたままで学校に来ちゃ、ヤバイよね」

「うん」

内山はちょっと笑って、それからこう言った。

「……寝る時はカッターナイフとカミソリを枕元に置いてる。そうしてると、安心できるんだ。誰か入ってきたら、たたかうためにも、ね」

「夜中に、誰か入ってくることなんてあるのか」

小室が驚いて尋ねた。

「ないよ。ないってわかってるんだ。それでも入ってくるような気がする時がある」

「やっぱ、病んでるね」

「うん」

俺は、内山の言っていることを聞いてるうちに、腹立たしくなった。一言言ってやらないと済まないような気持ちになってきた。

それで、言葉に力を込めて訊いた。

「それにしたって、なんでそんなバカなことするんだ?」

2　家庭の事情

内山は途端《とたん》にうつむいた。

「僕ん家《ち》、父親が厳しいんだ」

「厳しいって……それが理由か。具体的にはどういうことなのかわからないけど……お前が自傷してること、お袋さんはどう思ってるんだ?」

「それが、僕、今は母親がいないんだよ。両親が離婚しちゃって……僕は父親に引き取られたんだ。妹は母親の方についてったけど……」

こう言う内山の目は、今にも涙が落ちてきそうなくらいに寂しそうだった。

でも、俺は心の底から彼に同情することはできなかった。

「ふうん。俺から見たらそれでも幸せだよ。だって、お前のお袋さん、まだ生きてるじゃん。会おうと思えば会えるんだもんな。俺の母親なんか、一年前に死んじゃってるから、もう二度と会えないんだぜ」

「えっ、本当に？　それじゃ……」

「うん。だから、うちは、親父と俺のふたり暮らし」

「そうか、そうだったのか」

内山の目は、俺の右半身を見ていた。

俺は言った。

「内山、お前、今俺のこと、見ただろ。こんな不自由なからだなのに世話してくれるお袋さんがいなくてかわいそうに、って思っただろ」

「いや、そんなこと思ってないよ。そんなんじゃないよ」

「いいよ、無理して言わなくてもいいよ」

俺は肩をすくめた。

「いや……親ってさ……親って」

彼は目をパチパチさせて、つぶやいた。

「親って……何だよ」

俺はズバリと訊いた。

「こんなこと言ったら君はどう思うかわからないけど、親って結構勝手なもんだなぁ、と思って」

「ふふっ。そうだね。結構、じゃなくてかなりわがままで勝手だよ。お前のお袋さんは離婚して、お前を親父さんの方に置いてっちゃったんだろ。お前の気持ち、考えないのかな。そのせいで、お前が鬱になったって知らないのかな」

「知らないと思う。僕、言ってないから」

「言わなくても、普通親なら気づくだろ。お前の様子を見てわからないのか」

「それは……」

「はっきり口に出して言わないと気がつかない、そんな親子関係なのかよ？」

「うん。残念だけど、その程度の結びつきだったってこと……かな」

「そうか。でも、俺のお袋はもっと激しいよ。からだの不自由な息子を残して死んじゃうんだもんな。それも自殺。自分から人生投げ出しちゃった。でも、その背景には、親父の不倫もあるんだけどな。妻がからだの不自由な子供のリハビリにがんばっているときに、自分だけ『一抜けた』って感じで、よその女のところに行ってるんだぜ。信じられないよな。ひどいもんだよ。開いた口がふさがらないってこのことだよね」

「井坂、もうやめろよ。そんな言い方してたら自分を苦しめるよ」

　小室が口をはさんで、俺の言葉を遮った。

俺は、彼の言葉かけがありがたかった。こういうことがないと、俺の口はどんどん動き、自分で自分の傷口を開いてしまうからだ。

俺は微笑もうと努力しながら言った。

「自分を苦しめるだけだよな。ありがと。だけど、大丈夫だよ。両親がどんなであろうと、俺は負けないよ。将来は高校の理科の教師になるつもりだから。俺、変わってるんだよな、不思議なことに、こうやって親の悪口を言っていると、元気が出てきたりしてね」

「いい変わり方だと思うよ」

小室はこう言いながらうなずいていた。

内山の目は濡れていた。俺の家の話が重たかったんだろう。

俺は心の中で苦笑した。

3　第二卓球部①

授業がすべて終わり、終礼も終わった。

「さぁ、部活、行こうぜ」

俺は、明るく小室に声をかけた。

内山が驚いて、俺の席まで来て、訊いた。

「部活？　君たち、何部に入ってるの？」

「卓球部だよ」

俺の代わりに、小室が答えた。

「だって、君たち、そのからだじゃ……」

「見に来るかい？　俺たち、特別に部活させてもらってるんだ。その名も、『第二卓球部』さ」

「第二卓球部なんて聞いたことないな」

内山は、狐につままれたような顔をしていた。

「シーイング・イズ・ビリービング、百聞は一見にしかず、だぜ。これからちょっと来いよ。井坂、いいよな、こいつ連れてっても」

小室は内山を連れて行くことに熱心だった。

俺は目でうなずいた。

4　第二卓球部②

体育館へ行くと、俺たち以外の卓球部の部員はもう練習を始めていた。第一卓球部の部員たちだ。

俺たちが近づくと、顧問の桧垣《ひがき》先生が声をかけてきた。

「よし、井坂と小室はストレッチとウオームアップをしておけ。こっちが一巡したら台を使ってラリーの練習だ」

小室は内山に向かって笑って言った。

「俺ら、何せ、第二だから、ちょっとばかし肩身が狭いんだ」

すると、横の方から女子たちの笑い声がした。だが、俺は振り向かなかった。笑いの中心にいるのは、どうせ立原緑だ、とわかっていたからだ。

俺が無視していると、緑は俺のすぐ後ろまで来ていた。

「井坂君、最近まともに私の顔を見てくれないのね。どうして？」

「別に」

「夏祭りのこと、妬《や》いてるんでしょ?」

「馬鹿なことを言うなよ。誰が妬くもんか」

「私が浴衣着て、超イケてる男性《ひと》と歩いていたから、妬いてるに決まってる」

緑は嘲《あざけ》るように笑った。

「ここじゃまわりに人がいっぱいいいて話せないから、部活が終わったら、視聴覚室に来いよ」

俺は声を低くして言った。

「わかった」

緑はあっさりと言い、俺のそばから離れていった。

第三章

1　夏の日の回想

俺は、夏祭りの日のことを思い出していた。

緑が、今年の夏祭りで、矢野という二枚目気取りの男と歩いていたのだ。矢野は、俺たちの同級生だ。

緑は淡いピンクの地色の浴衣を着ていた。俺はそんなに近くから見たわけではなかったから、細かいところはわからなかったが、朝顔の模様の浴衣だったと思う。

俺は、友達——小室とふたりでいた。小室としゃべりながらも、彼女のことが気になってチラチラと見ていた。俺は、正直言って、緑の浴衣姿が気になって仕方がなかった。あでやかで、高校の制服の時にはない色気があった。でも、決してけばけばしいものではなくて、清潔な色気だ。

しばらくするうちに、小室も緑と矢野に気づいて、小さく叫んだ。

「立原と矢野がいる」

俺はぶっきらぼうに「うん」と相づちを打った。

この夏、いの一番に、矢野に浴衣姿を見せていたのであろう緑に、俺は腹を立てていた。

俺は何も悪いことはしていないのに、緑と矢野から逃げて歩いた。ふたりが綿あめ屋で綿あめを買っている時は、そこから遠くにいるようにしていたし、チョコバナナを買っている時にも、焼きそばを買っている時にも、買っている屋台から距離をおくようにしていた。

「お前、本当は、立原のそばに行きたいんじゃないの」

小室は、俺をからかうようにではなくて、あくまでも同情しているような口調で訊いた。

「ふん、あんな男と歩くような女に興味はないよ」

「そうか。お前が本心から言っているならいいけどさ」

「ホントのことを言ってるだけだよ。緑……あ、いや、立原なんて、眼中にない」

「眼中にない割には、緑とかファーストネームで呼んじゃって……」

「それは、一応幼な友達だから、ファーストネームが口から出ちゃったわけで……深い意味はないいんだぜ」

「そうか」

「そうさ。……あいつらふたりがいなくなったところで、焼きそば買わないか？」

俺が言うと、小室はこう答えた。

「うん。チョコバナナも買ってもいいけど」

「じゃ、そうしよう」

俺の答えに、彼はにっこり笑って言った。

「俺、祭りに来たら、絶対チョコバナナ食べることにしてるんだ」

緑はそれからも、何回か俺の前に姿を現した。矢野と仲良くしゃべり、とてもおかしそうに笑っていた。俺の目の端に、浴衣のピンク色がチラチラと踊っていた。小室も何度も、ふたりに気がついていたようだ。気の毒そうに俺を見る視線で、それがわかった。

2　部活

緑が遠ざかって行くのを待って、小室が俺に訊いた。

「立原と視聴覚室で会うのか」

「小室、お前、地獄耳すぎるよ」

俺は少しあきれて言った。

「だって、井坂の声って低くしても通るから筒抜けなんだよ」

「うん、よく通るよね。僕にもはっきり聞こえたもん」

内山も小室に同意した。

小室も内山も、気持ちが張り詰めているように見えた。

「じゃ、俺、通る声を生かして演劇でもやろうかな」

突然、俺は冗談を言ってみた。

ふたりはキョトンとしていた。

「ここ笑うところなのに、何だよ、ふたり揃って反応ナシかよ？」

俺が笑うと、ふたりの表情はホッとしたように元に戻った。

この時、桧垣先生が、俺と小室を呼んだ。

「井坂、小室、お前たちの番だ。今日の相手は誰がいいかな」

「そうですね。今日は特別に、ここに一緒に来てくれた内山にやってもらおうと思うんですが」

小室が提案した。

この提案に、先生はにっこりと笑った。

「内山か。君たちが内山を連れてきたなんて……うん、実にいいことだな」

内山は先生の視線を感じると、はにかんだような顔をした。

先生は笑顔のまま言った。

「内山さえよければやってもらうといい」

内山は嬉しそうな顔になって、答えた。「はい、喜んでやらせていただきます。でも、普段全然卓球していないので、うまくできるかわからないんですが……」

「まぁ、だんだん慣れてくるから大丈夫だよ」

桧垣先生は彼を励ました。

まず初めに、小室が内山と打ち合うことにした。

小室は左手にほんの少しの麻痺があるだけだったので、結構うまい。

五十球ほど打ち返したところで、俺に代わった。

俺は内山に声をかけた。

「お前、初めてにしてはうまいじゃないか。今度は俺だけど、小室の時よりゆっくりにしてくれよ。左手で打つんだから」

「わかった」

内山は、おっかなびっくりといった態度で、俺に一球目を打ってきた。

中央のネットを越えて俺のコートへ球が入った。俺は、その球をすくい上げるようにして打った。球にうまく当たってくれた。自分のラケットが球に当たるたびに、わずかだが感動してしまう。亡くなった母親が、いつも俺に「小さな出来事にも、感動を持つように」と言っていた。言われていた頃には反発するような気持ちしか持てなくて、「感動なんてそう簡単にはできないよ、こんなからだなんだから」と言い返していた。だが、嬉しいことに、卓球部に入ってから感動という言葉に対する抵抗感が薄れてきた。からだを動かすことには、いろいろな効用があるらしい。

二球目が飛んできた。

今度のコースは真ん中より左寄りだった。俺は右足をひきずって、球の方へと進んだ。

あぶない！　と思った時には遅かった。

俺の足はもつれ、からだは傾きつつあった。ドデンと大きな音を立てて、俺のからだは横倒しになった。

「大丈夫か！」

叫びながら、小室が駆けよってきた。

「ごめん、僕の打ったコースが悪かったんだね」

内山が自分のコートから走って来て、手をさしのべてくれた。ひどくすまながって、「ごめん、ごめん」と何度も言っていた。

俺は彼を安心させるために、少し笑って言った。

「大丈夫だよ。いつものことだから。夢中になりすぎると、こうなっちゃうんだ。ははは、青あざが絶えないな」

内山の手を借りて立ち上がった。

「どうする？　もう少しやるか？」

小室が訊いた。

「うん、あと十球くらいやろうかな」

俺はなるべく何でもないような感じで答えた。

「わかった。これからはうんと気をつけるよ」

内山はさきほどよりも、もっと気を遣っている。

「悪いな、気を遣わせて」


それからの十球は、内山が細心の注意を払ってくれたので、とてもうまくいった。


部活が終ると、内山が言った。

「今日はすごく楽しかったよ。また来てもいいかな？」

「こっちこそ、ありがとさん。ときどきはやってくれよ。内山の球、癖がなくて打ちやすかった」

小室は、球を打ち返す真似をしながら言った。

「うん、わかった。塾のない日とかにはできるから」

「期待してるよ。……内山は塾に行ってるんだね」

「うん、そうなんだ。うちの父親が教育熱心だから」

「そうか。じゃ、また明日」

俺はさりげなくふたりに言った。

「井坂はこれから視聴覚室だったね？」

そう言えばそうだったね、というような調子で、内山が訊いた。

「うん」

「立原って結構キツそうだから、大変そうだけど」

「そうだな。確かに大変だよ。だけど、あいつとは幼なじみなんだけどね」

「そう、それなら慣れてるか」

「まぁな」

「がんばって」

「がんばるって何を？」

心の中で突っ込んだが、本当に答えがほしかったわけではなかった。

第四章

1　視聴覚室で①

　俺は、視聴覚室のドアを開けた。静かな空間に、ドアの開く音が響く。

　でも、そういう時に、緑は決してドアの方は見ない。いちいち気にして見るのは、幼稚だという考えを持っているのだ。

　今日もそうだった
　彼女はきりりとした横顔を見せて、窓から外を眺めていた。俺の好きな横顔だ。一瞬まぶしいような気分になる。だけど、そんな自分は未練がましく思えるから、本当は好きじゃない。いらだちの原因になってしまう。

　俺は、心に渦を巻いている思いを振り払い、声をかけた。

「緑、待たせたな」

「ううん、私も今来たところだから、全然大丈夫」

緑は俺の目を見て、かすかに笑った。

「お前、そういうとこ、すごく素直なんだけどな」

俺はつい含みのある言い方をしてしまった。

「何よ、その言い方。何が言いたいの？」

彼女はきっとして身構える。

俺は、努めて彼女とは違う態度を取ろうとしていた。

だから、ざっくばらんな感じで話しはじめた
「お前さぁ、矢野とつき合って喜んでるみたいだけど、よく考えてつき合えよ。あいつがお前のことをどう思ってるのか、とか」

「どう思ってるのか、ってどういう意味？」

「こんなことを言っちゃ悪いけど、そんな足のお前に矢野が本気になるとはどうしても思えないんだ」

「そんな足って何？　跛行《はこう》ってそんなに他人から劣ってるっていうの？　そんな言い方、ひどいじゃないの」

「そうはっきり言ってるわけじゃないけど……」

「だって、そうじゃないの。私のようなびっこは同じびっこと……つまり、井坂君のようなびっことつき合っていればいい、っていうんでしょ？　井坂君、自分こそ身障者のくせに、卓球なんかしちゃって、みっともないと思わないの？　今日も無様《ぶざま》な格好で倒れてたわね。見たわよ」

「無様……？」

なんてひどい言い方だろう、俺は悔しくなった。

悔しい気持ちのまま緑の顔を見つめた。

その時、視聴覚室のドアが開く音がした。

「緑、いる？」

矢野の声だった。

「いるわよ。矢野君、ごめんね。もうそっちへ行こうとしてたのよ」

緑は俺から目を離さずに、返事をした。

「こちらさんとの話はもう済んだの？」

矢野が、俺たちに近づいてきて訊いた。

「うん、井坂君とはただの幼なじみだから、どうってことないの。話なんて言っても、今さら改まってするような話はないわ。幼稚園の頃からくだらない話をいっぱいしてきたし……」

「そうか、でも、井坂の方はどう思ってんだかわからないよ。井坂と君の間には、かなりの温度差がありそうだから」

「もしそうなら、迷惑以外の何ものでもないわね」

「緑……」

俺は彼女の名前をつぶやいた。

「矢野君、さぁ、帰ろ。今日は、帰り、どこに寄る？　マック？」

緑の矢野を誘う言い方は、俺に対する当てつけのように聞こえた。

「いいねぇ、マック。その後は、カラオケでも行かね？」

今度は、矢野が気易い口調で誘った。

「カラオケなんて駄目だ！　緑、こいつとカラオケになんか絶対に行くな。こいつカラオケ屋の個室で、何かする気なんだ」

俺は強く反対した。

「はぁ？　お前、馬鹿じゃねぇの？　人のことをさかりのついた犬か猫のように見るんじゃねぇ！」

矢野は怒鳴るように言った。

「そうよ、井坂君、おかしいわ。もう私たち、何回もカラオケ屋に行っているのよ」

緑はきつい口調で言った。

「井坂、お前自身が欲求不満なんだろ？　緑が自分になびかないからって……」

俺は彼の言葉が許せなかった。

許せなかったから、飛びかかっていった。少なくとも自分では勢いよく飛びかかったつもりでいた。

ところが、あっさり矢野に体《たい》をかわされて、前に両手をついて倒れてしまった。

「無理なことはやめといた方がいいぜ。さぁ、手を貸そうか、井坂君。って言ってもお前は断固拒否するんだろうな。俺の情けなんかは受けたくないだろう？　だから、ひとりで起きろよ。……さ、行こう、緑」

「うん、行こう、行こう」

俺はみじめな気持ちで、その場にへたりこんでいた。

緑は、わざとらしく矢野と陽気な声でおしゃべりしながら、視聴覚室を出ていった。

2　視聴覚室で②

矢野のヤツ、俺に恥をかかせたまま出て行きやがって。絶対に許さねえ。俺はしばらくの間、心の中で毒づいていた。

そういえば、俺って、小さい頃から誰かと取っ組み合ったことなかったな。この不自由な手足のせいで、みんな本気で俺にぶつかってきてくれたことはなかった。悲しくなって、手で顔を覆《おお》って泣いた。途中で、もう何年もこんなふうにして涙を流して泣いたことはなかったということに、気がついた。十分も泣いていると、心が少しずつ晴れてきた。また死んだ母ちゃんの言った言葉が思い出された。

「泣いてもいいけれど、泣いた後は必ず笑いなさいね。無理にでも笑えば、絶対にそこ、今いる場所から抜け出せるからね。新しい希望も生まれてくるからね」

俺はハンカチを取り出して、涙でグシャグシャになった顔を拭いた。立ち上がってズボンのほこりを払った。

それから、視聴覚室を出て、ドアを丁寧に閉めた。

3　心情

昇降口へ歩いて行くと、小室と内山が立っていた。

俺はかなり驚いて訊いた。

「お前たち、もう帰ったんじゃなかったの？こんなところにいたなんて」

「うん、帰ろうと思ったんだけど、内山が心配しちゃって、待っていようよ、って言うもんだから」

小室が答えた。

「ごめん。迷惑だった？」

内山は申し訳なさそうにしていた。

「ううん、ちっとも」

「そう。よかった。僕たち、帰ろうとしたんだけど……何となく井坂のことが気になってね。そっちは立原さんとの話、終ったんだね」

内山の口調が明るかったので、俺の心は少しだけ救われたような気がした。

「あぁ、終ったよ。緑のヤツ、矢野に夢中で、俺の話なんて、まったく聞く耳を持たないんだ」

「今は、何を言っても駄目な時期なんじゃないのかな？　まだつき合い始めたばかりだから。もう少し時間が経って気持ちが落ち着いてきたら、きっと井坂の言葉にも耳を傾けるようになるよ」

小室が恋愛コンサルタントのようなことを言うので、俺はびっくりした。

「小室、いつの間にそんなスゴイことが言えるようになったんだ？」

小室は照れながら答えた。

「この間読んだ新聞の身の上相談に書いてあったんだ。その受け売りだよ。俺にこんなすごいこと言えるわけないじゃん」

「やっぱり、そうか。安心したよ」

「そんなことで安心されても……まぁ、いいや」

「緑と言い合ってたら、矢野が部屋に入ってきて、緑をカラオケに誘ったんだ。カラオケ屋の個室でふたりきりって、なんだかすごくヤバい感じがしないか」

「ま、普通に考えるとそうなんだけど……」

内山は真面目な顔をして言う。

「何だ？　何かあるような言い方だな」

俺は問いただすように言った。

「うん、僕は、あんまり矢野のこと心配しなくても大丈夫かも、って気もするんだよね」

「どうして」

「だって、僕、矢野と同じ中学から来たんだけど、あいつそんなに嫌なヤツってわけでもなかったし。割と嫌味のないヤツっていうか、親もしっかりしてるっていうし。高校に入ってからすごくモテるようになったから、嫌なヤツに見えてるだけかもよ」

「ふうん、そうか。内山が言うのなら、確かだろうな」

「え、僕のことそんなに認めてくれるの？　僕みたいなすぐ鬱になっちゃう弱い人間のことを信用してくれるの？」

内山は信じられないというように、尋ねた。

俺は答えた。

「だって、鬱になるくらいの人間は、世の中のことをよく見過ぎてるから、鬱になっちゃうんだと思うんだ。自分のこともまわりの人たちのことも、よく見つめていると思うんだよ、内山は」

これは、俺の本心だった。

「ありがとう。いいこと言ってくれるんだね。なんか、僕、自信がついちゃうかも」

こう言って、内山は心の底から嬉しそうに笑った。

俺も笑っていた。笑いながら、自分の下駄箱から靴を取り出そうとしていた。

そして気がついた、下駄箱の中にピンクの封筒が入っていることに。

4 封筒

「どうしたの」

内山と小室が、同時に俺の下駄箱をのぞき込んだ。

「これ、ここに入ってた」

俺はふたりに封筒を見せた。

「それって、ラブレター……みたいじゃない」

「ピンクの封筒なんだもんな」

「ホント、ホント。絶対ラブレターだよ」

「すごいじゃん」

ふたりは口を揃えて言う。

「そ、そうかな」

俺は面食らっていた。ラブレターをもらうなんて、初めてのことだったからだ。

「井坂、今開けて、この場で読んでみるか？」

小室が俺に、興味深げに訊いた。

「小室、お前、中身が知りたいんだな。でも、そうはいかないよ。こんなところで開けて読むのは、恥ずかしいもん」

「それに、書いてくれた人に失礼かもよ。その手紙は、井坂宛なんだから。井坂以外の人にも読まれたなんて知ったら、書いた人、ショック受けるんじゃないの？」

内山がいかにも内山らしい、正しい意見を言った。

「さすがは、思いやりのある内山だな」

小室に誉められて、内山は「いやぁ、そんなことないよ」と頭を掻いていた。

第五章

1　家に帰って

家に着いても誰もいない。親父は仕事に行っている。帰りはいつも九時すぎになるから、俺がひとりでいる時間は長かった。

俺はさっきの手紙をカバンから取り出して、開いた。

差出人は、となりのクラスの割とおとなしい感じの女子だった。

『井坂剛《ごう》さま
いつでも遠くからあなたのことを見つめています。
最近、気になることを耳にしました。それは、あなたとあなたのお友達の小室君と内山君の三人に関わることです。三人のことを〈身障三人組〉と呼ぶ人たちが、この学校にいるのです。

ね、ひどいでしょう？

私はとても許せません。断固たたかいましょう！

愛の戦士・宮田亜衣《みやたあい》』

2　緑を懸《か》けて？

なんだ、これ？　ラブレターなのかそうじゃないのか、わからないような変な手紙だな。断固たたかおうだなんて、迷惑この上ない感じだ。

俺はこんなからだだから、他人とたたかっても勝てるとは思っていない。それが証拠に、ついさっきも視聴覚室で、矢野に軽くかわされた。俺が自暴自棄になるのは、こんな時だ。

本当は、緑を懸けて、矢野とたたかってみたい。でも、それは叶わぬ夢。俺はこの先も人並みの幸せとは無縁に生きて行くだけなのか。

緑を懸けて。

――緑を懸けて？

果たして、そこまで緑が好きなのか？

3　再び、妬心

そんなに緑が好きなのか？

そこまでではないような気がする。緑は口実にすぎないのかもしれない。俺はただ、自分のエネルギーを、何かにぶつけてみたいだけなんだ。

俺のそばには、たまたま矢野がいた。彼が少し目障りに感じられるんだ。それは、彼があまりに健康的で、心のままに振る舞っているように見えるから。その上、彼は見た目もいいから。

きっと俺は、矢野に嫉妬している。

嫉妬の感情――こんなものはもうとっくに飼い慣らしてある、と思っていた。自分はからだが不自由だ。自分を自分以外の人と比べたら、絶対に負ける。負ける競争はしない。でも、それは違っていた。

だって、現に今、嫉妬しているじゃないか。矢野と競争してるじゃないか。嫉妬は、猛獣のようなものだ。静かな時は不気味なほど静かだが、一旦暴れ出すと手がつけられない。

(あぁ、また時間がかかりそうだ)

そう思うと、気持ちが沈んだ。

4 アイディア

翌朝、学校へ着くと、小室と内山が先を争うようにして飛んできた。

「ねぇ、ねぇ、昨日のラブレター、どんなことが書いてあった?」

ふたりは興味津々だ。

「声が大きいよ」

俺はふたりをたしなめて、静かにさせた。

「ごめん。だけど……昨日の手紙、どうだったかなと思って」

内山は謝りながらも、再び訊いてくる。

「たいしたことは書いてなかったよ。ここに持ってきたから、読んでいいよ」

俺は投げやりな感じで言って、もらった手紙を、ふたりの前に置いた。

「俺たちのことも書いてある。『身障三人組』だって」

小室は驚いたような声を出した。

「ね、ひどい内容だろ？　これじゃあ誹謗中傷《ひぼうちゅうしょう》の手紙とも受け取れるよな。内山は、俺たちと違ってからだはどこも悪くないんだから、怒ったっていいんだぜ」

俺は強い口調で言った。

「いいよ、別に。もっとひどい悪口はいくらでもあるよ。だいたいこの人、手紙で告げ口しているだけだってこと、気づいていないのかな？」

俺が黙っていると、小室が言った。

「井坂、お前、最近、精神状態が悪いみたいに見えるぞ。立原と矢野のことでいらいらしっぱなしなんだろ?」

小室に気持ちを言い当てられて、俺は少し動揺した。

「まぁ……な」

俺は曖昧に返事をした。

小室は、ここでひとつのアイディアを出した。

「井坂、じゃ、俺の提案にのってみないか。矢野と卓球で対決したらいいんじゃないかな?」

「矢野と卓球で?」

「そう」

「無茶なことを言うなよ。矢野は卓球がうまいんだよ。その矢野にこの俺が勝てるわけないよ。からだが普通でも勝てないと思うくらいなのに」

「だから、そこに条件をつけるんだよ。矢野は左手で卓球をするとかね。お前はもちろん左手でやるんだ。お前には俺が補助としてつくことにするとかしたら、いくら矢野がうまいと言ったって、いい勝負になると思うよ」

俺は小室の提案が突飛《とっぴ》なものだったので、驚いてしまい、言葉が出てこなかった。

俺よりも早く内山が言った。

「それって面白そう。とてもいいアイディアだと思うよ。早く矢野に言ってみようよ」

「そんなこと、矢野がイヤだと言ったらどうするんだよ？」

俺は言い返した。

「イヤだって言うか、まだわからないじゃん。駄目でもともとなんだから、言うだけ言ってみようよ」

内山は、小室の提案にひどく乗り気だった。

5　申し出

その日の昼休み、俺たち三人は矢野のクラスに行った。

後ろのドアから入ったが、三人でいるのは目立つらしくて、クラスの半分くらいの人が、こちらをじろじろという感じで見ていた。

矢野は席にいた。

俺の顔を見ると、あからさまに不愉快だという顔をする。

「俺に用か？」

彼はぶっきらぼうに尋ねた。

「卓球で勝負してほしいんだ」

彼は、俺の言葉に反応して、軽く笑った。

「卓球で勝負？　それ、本気で言ってんの？」

「そうだよ。ただし、こっちは身障だから、ふたり一組にさせてもらう」

「ふたり一組って、井坂と小室か？」

「そうだ」

「なんなら、三人一組でもいいぜ。身障三人組でかかってこいよ」

俺は、矢野の言い方が気に入らなかったので、彼の顔をにらみつけた。

矢野は俺の気持ちがわかって、こう言った。

「そんな顔したって、しようがないじゃん、本当のことなんだから」

声高に言ってから、馬鹿にするように薄ら笑いを浮かべた。

そばにいた彼の友人たちも、わざとらしく笑った。

それから、友人の一人が訊いた。

「まさか矢野、こんなヤツらがお前の友達ってことはないよな？」

「さぁな」

矢野がとぼけたような返事をすると、今話した友人がまた言う。

「……だけど、我が校《うち》の身障たちは、なかなか根性があるじゃないか。筋金入りの身障だな。これなら、他校《よそ》の身障には負けないな」

強烈な皮肉を言われて、俺はひどく悔しくなり、ますますきつく矢野をにらみつけてしまった。

矢野はその友達を制した。

「もうそれ以上言うのはよせよ、川島」

川島が完全に黙ったのを見ると、最初の問いに答えた。

「いいよ、俺ならいつでも相手になるよ」

俺は矢野の顔を見て、それから小室と内山の顔を交互に見てから答えた。

「一週間後の第二卓球部の時間に、ってことでいいか？」

「わかった。じゃ、その時に」

矢野は承諾してくれた。

俺と仲間はそのクラスを出た。

自分のクラスに戻って来ると、内山はひどく嬉しそうに言った。

「遂に言っちゃったね。矢野と対決することになったんだね」

「内山、お前はどうする？　矢野は三人一組でもいいって言ってたけど……」

俺は、喜んでいる内山に訊いた。

すると、彼は急に弱気になった。

「僕は遠慮しておくよ、スポーツがすごく苦手だから」

小室はおかしそうに言った。

「何言ってるんだよ。五体満足のお前がそんなふうに言うなんて、笑えるぜ」

内山は少し顔を赤くして言った。

「だって、こういう勝負は、五体満足かどうかなんて、関係ないんだよ。まったくからだには関係ないことだと思う」

「からだには関係ないって？　それじゃ、一体何に関係あるんだよ？」

小室が訊いた。

「心の奥底にある、ファイティングスピリットに関係があるんだよ」

内山は答えた。

「へぇ、ファイティングスピリットか。ホントに内山って、言うことが振《ふ》るってるな。

面白いことを言うぜ、まったく。ファイティングスピリットなら、この学校には井坂に敵《かな》うヤツはいないんじゃないのか」

小室はさも愉快そうに同意する。

「人を軍鶏《しゃも》のように言って……。俺なんか、相当気が弱いもんだよ」

俺は笑いそうになるのを堪《こら》えながら、答えた。

ふたりは俺の答えを真に受けて、口々にこう叫んだ。

「嘘ばっかり言うなよ！」

「こういうのも、きっと『ご謙遜』って言うんだろうね」

俺は遂に笑い出してしまった。

「謙遜なんかしてないって」

「井坂、自分のことを知らなすぎ！」

小室は再び叫び声を上げた。今度の声には、笑いが含まれていた。

「うん、そう、そう」

思いきりうなずく内山に、俺は驚いてしまった。

第六章

1　変化

矢野と卓球で対決することが決まってから、俺たちはそのことを楽しみにしながら、練習に励んだ。とにかく俺たち三人は、熱心に練習をしていたのだ。

卓球部の桧垣先生も、目を見張って俺たちのことを眺めていたようだ。

先生はある日、こんなふうに声をかけてきた。

「井坂、最近からだのバランスがよくなったな。前みたいに転ばなくなってるじゃないか。小室と内山も前よりもずっと生き生きしているように見えるよ。実際、三人ともよく笑うようになったし。君たちの笑い声が体育館に響いてる時があるよ」

言われてみて気がついた。

確かに、精神状態がよくなっている。

〝近い将来に目的や希望を持つことが、日々の暮らしを活き活きさせるコツだ〟と、この間読んだ心理学の本には書いてあったけど、それはまさしく真理なんだな。目からウロコの気分だ。

――なんて思っていたら、自分の心がもっと変わっていたことに気づいた。

俺は別に矢野が憎いわけじゃない。彼が俺に何かをしてきたわけじゃない。緑と仲良くしているのは気に入らないけど、嫌がらせでやっているわけではない。仲良くしているのは、あいつらの自由だ。そう考えたら、矢野に嫉妬している自分が小さくつまらないものに思えてきた。

「な、小室、内山、俺、もう矢野との対決はどうでもよくなっちゃった。無期延期でもかまわない、っていう気分だよ。大事なのはそんなことじゃないよね。大事なことは他人とたたかうことじゃなくて……」

ある時、俺がこんなふうに話し始めると、二人は興味深げに耳を傾けてくれた。

俺は、彼らの顔を交互に見ながら続けた。

「……要は、自分の心がどのように満足してるか、っていうことなんだよね。……自分の今ある弱い心を強くしていって、一生を生き抜くことなんだよな」

「一生を生き抜くなんて、こんなに弱い僕にできるのかな、って心配だけど」

内山は心細げな声を出したが、表情は声とはまるで違っていた。満ち足りたような微笑みを浮かべている。

俺は、嬉しいようなくすぐったいような気分になった。

「じゃ、内山、こう考えればいいよ。死ぬまで元気に生きよう、ってね。そう考えれば、少しは気楽に生きられるよ。きっとそうだよ、きっとね」

2 ケガ

ところが、ここで、矢野がケガをしたという噂が流れてきた。

俺たちは「……？」という感じで、驚いた。

三組には、小室の友人がいたから、彼からその友人に訊いてみてもらうことにした。

小室は三組を訪ねた。

俺は後からだいぶ遅れて、ついて行った。

三組に到着した小室が「矢野がケガしたって聞いたけど」と小声で尋ねているのが聞こえた。訊かれた友人は「あいつの姿を見れば、一目瞭然だよ」と答えていた。

俺は三組の前を行きつ戻りつして様子を窺った。

確かにそうだった。矢野は左足にギプスをはめている。

「矢野、お前……」

小室は矢野に話しかけた。

矢野は苦笑いしていた。

「お前か。俺、足がこんなだから、対決は延期してくれよ」

「災難だったな」

「……うん。ちょっぴりだけど、お前たち身障者の気持ちがわかった気がする。こんなこと言ったら、怒るかな」

「ううん。そう言われると嬉しいよ」

「お前……お前って、聞きしに勝《まさ》る人格者だな」

矢野は微笑んで小室を持ち上げ、続けた。

「……井坂はどうだろ。怒るかな」

「大丈夫。俺がうまく伝えるから」

小室も笑顔になっていた。

小室は自分の教室に戻ってきて、「あいつ、本当に左足骨折してた。しっかりギプスはめてたよ」と報告した。

「あぁ、俺も見たよ。これで、矢野との対決は当分ナシになったか」

俺はホッとしたような不思議な気持ちで、小室の言葉を聞いていた。

「その上、心も丸くなってたみたい。身障者の不自由さがわかったって言ってたよ」

「ふうん。でも、あいつの不自由なのは一時《いっとき》のことだもんな」

「それはそうだけど、いいじゃないか、少しはわかったんだからさ」

「そうだな。まぁ、いいか」

「あ、そうだ、いいことがある！」

内山が叫ぶように言った。

俺と小室は、内山の次の言葉を待った。

「矢野って卓球うまいじゃん。だから、足が治ったら、第二卓球部のコーチになってもらうのってどうだろう。いい考えじゃないかな」

「うーん、そうだな。内山のアイディアに乗るよ」

俺は素直に同意した。

「じゃ、そのアイディアも、小室に伝えに行ってもらおうか。いいかな、小室」

小室は「もちろんいいよ」というように、深くうなずいた。

3 ティールームと鳥

矢野のケガを知った日の帰りのことだ。

俺たち三人は、学校から駅までの間にあるコットンロッジというティールームにいた。

「今日は少し高級なところで寛《くつろ》ぎたいな」と言う内山の希望に合わせてここにいたのだ。このティールームに入るのは、二度目のことだった。

その日はテーブルに向かい合わずに、ガラス窓に面したカウンターのような席に、一列に並んで座った。

「同じ店の中でも、座る位置で見え方が全然違うんだな」

小室が大発見をしたように言う。

俺たちはアメリカンコーヒーを注文した。

「もうじき、かな」

内山がつぶやいた。

「何がもうじきなんだ？」

俺は尋ねた。

「ふたりに見せたくってね。絶対にふたりに見てもらいたくて」

それからしばらくすると、外が、いや正確には空が賑やかになってきた。

小室と俺は耳をすました。

「ふたりとも空を見てみて。興味深い景色が見られるから」

内山の言葉に、俺たちは、窓の外の空に目を凝らした。

無数の鳥が同じ方向へ飛んでいく。ピチピチチュンチュンと騒がしく鳴きながら、飛んでいる。

「昨日の夕方、ここを通っていて偶然見つけたんだ。だから、今日はふたりに見せたくて、この店に誘ったんだよ」

「この時刻だから、鳥たちは塒《ねぐら》に帰るのかなぁ」

小室がこう言うと、内山が相づちを打つ。

「うん」

小室が続ける。

「鳥たちのこと、あまりよく知らないけど、これだけ大勢の鳥が一度に飛んでいくところは、壮観《そうかん》だね」

「うん、本当にそうだな」

今度は俺が答えた。

「それほど大したことじゃないかもしれないけど、何となく勇気づけられるような気がしたんだ。この地球に一緒にいる仲間が、この瞬間もがんばってるんだ、って思うとね、嬉しくなるっていうのか……」

「わかる気がするな」

俺が言うと、内山はほっとした顔をしていた。

「よかった。井坂の反応が一番心配だったんだ。井坂って……」

言ってからあわてて口をつぐんだ。

「俺ってそんなに気難しいかな？」

笑って言うと、彼は困ったように「いや、そういう意味じゃなくて」と答えた。

アメリカンコーヒーが運ばれてきて、俺たちはコーヒーを飲んだ。

「あの、あのね……実はね……」

内山は言いにくそうに話し始めた。

「何……?」

俺と小室の視線を浴びて、内山の頬は真っ赤に染まった。

「母親が妹を連れて、戻ってきてくれることになったんだ」

「!?」

俺と小室は同時に驚きを表した。

「すごいじゃないか!」

「そりゃ、お前、相当嬉しいだろうな!」

「うん、嬉しい。また元のように暮らせるなんて、夢のようだよ。……でも、僕ばっかりはしゃぐわけいかないだろうな、ってわかっているんだ」

「お前、俺に気兼ねしてんのか」

「……井坂の気持ちを考えると……」

「大丈夫だよ、俺は。そんなに心の狭い人間じゃないぜ。見くびるなよ」

「うん、ごめん。あ、いや、ごめんじゃない、まちがえた」

俺はにこっと内山に笑いかけてから、心の中だけでつぶやいた。

（……神様はよく見抜いてるよな、俺には厳しい試練を与えて、内山には優しくしてる。その人間その人間に、乗り越えられるくらいの試練しか与えないんだ）

「さ、鳥たちが笑いさざめいてるぜ。もう少し、見ていよう」

俺は内山の視線を感じた。たぶん彼は少しばかり怯えている。（自分の母親が帰ってくることで、俺たち三人の関係が、変化していったらどうしよう、せっかく仲良くなれたのに）こんな不安を抱えている。彼の不安を取り除いてやりたいが、まだできそうにない。今の俺は力不足だ。小室の顔を見た。小室も黙っている。彼が口を開く時まで、俺も待っていよう。その時に俺が何か言いかけても、遅くはないだろう。

俺たちは、鳥たちの姿がすっかり見えなくなるまで、その店に留《とど》まっていた。

エピローグ・明日へ

年が改まり、一月七日の朝のことだった。

俺はなんとなく窓の外が明るい気がして、目を覚ました。カーテンを開けると、一面の雪景色が広がっていた。

雪はサラサラとしたパウダースノーで、道路も向いの家の屋根も真っ白に覆い隠している。

雪の中にもかかわらず、ピチピチチュンチュンという声。

あ、あの時と同じような声だ!

内山に教えられて見た鳥たちも、こういう声でさえずっていた。

俺はすぐさまケータイを取り出して、メールの文面を作り始めた。

「内山。今日は雪だね。俺はスバラシイことに気づいたぞ。雪の中でも、鳥たちがさえずってたんだ。寒くても負けずにさえずる声に、逞しさを感じたよ。俺が鳥の存在に気づいたのも、この前お前が鳥たちが飛んでいくのを見せてくれたからだよ。あれがなかったら、気づくことはなかったと思う」

内山からすぐに返信が来た。

「僕、鳥が好きだったから、あの時鳥のことを言ったんだ。前に何度か飼ったこともあったし。だけど、井坂が鳥に目を留《と》めてくれるようになって、嬉しいよ」

その後、小室にも同じような文面でメールをすると、すぐに返事がきた。

「実は俺、『今日の日はさようなら』の二番の歌詞の〝空を飛ぶ鳥のように自由に生きる〟というところが大好きなんだ。この間のティールームでは言いそびれたけど」

「そうか。俺も好きだな、そこの歌詞。それから、一番の歌詞には、〝明日の日を夢見て希望の道を〟っていうところもあったよな。俺はそこも好きだよ」

俺はこう返信しながら、思った。

明日か。明日という日があったっけ。どうして、こんな当たり前のことに気づかなかったんだろう。

俺がこんなことを考えている間も、今日の鳥たちはうたいさざめいている。

E
N
D

トイレの話（解説にかえて）

A文学会　編集室

スマートフォンの時代である。電車に乗っていても、歩いていても、なかには自転車やバイクに乗りながら使っている輩までいる。あれは何を見ているのだろうか。友達からのメッセージ？　SNS？　それさぁ、どうしても今見なきゃいけないのか？

電車に乗っている間のヒマつぶしはわかるけど、歩きながら、自転車に乗りながら、というのは止めたほうがいいよ。危ないし、バカに見えるから。

いきなり年寄りの説教になってしまった。しかし、これだけ携帯端末が普及し、情報伝達の同時性に人々がアディクトしている時代に、突然トイレの落書によるコミュニケーションが始まろうとは、「お釈迦様でも、いや観音様でもご存じあるめぇ」というくらいの驚きだったのだ。説教のひとつくらい我慢してほしい。

トイレの落書といえばローリング・ストーンズの『ベガーズ・バンケット』を思い浮かべる人も多いだろう。何を隠そう私も真っ先にあのジャケットが頭に浮かんだ。だが、あちらがいかにも汚い公衆便所の王道的な落書で、不穏な空気に満ちているのに対し、本作では学校の広く清潔なトイレの壁に書かれた相互通信的メッセージなので、イメージはまったく異なる。が、そこはやはりトイレである。広かろうが清潔であろうが、トイレという場が持つ、ある種の秘密めいた匂いからは逃れられないのだ。

映画や小説において、トイレの場面では十中八九、襲ったり襲われたり、殺したり殺されたりするし、ドラッグや武器の受け渡しが行われたり、重要なメッセージがやり取りされたりする。トイレの個室で着替えたり変装したりする場面も多い。物語におけるトイレの位置づけはそういうものなのだ。

本作冒頭の『落書』も例外ではなく、当世風に言うと「ヤバイ」ことが起きる。なにが起きるかは作品をお読みいただくとして、作者のこれまでの作風からすると、ずいぶんと「ヤバイ」ことになる。これは場面設定をトイレと決めたことによって、無意識のうちに導かれた結果ではあるまいか。トイレおそるべし。

考えてみれば、トイレは人間の生活に必要欠くべからざるものだ。軍隊は野営をする際にまず穴を掘ってトイレを設営するし、管理されたキャンプ場以外では、やはりトイレの確保は重要である。野外コンサートに行けば、ずらりと並べられた簡易トイレの前に長い列ができているではないか。さらに言えば都市は下水道の上に成り立っていると言っても過言ではないのである。我々は心の底からトイレを希求し、常に共にありたいと願っているのだ。なにしろ「もれそう」という以上に切羽詰まった状況はまず考えられないのだから。それに比べれば原稿の締め切りなど何ほどのものでもない。そもそも破られることを見越して設定されているのだ。だから詫びればすむ（きっぱり）。

今日も世界中でさまざまな形式のトイレが、人々の排泄物を受け入れ、流し、処理している（なかには溜めて埋める式のものもあるでしょうが）。想像するとこれはすごいことだ。毎時、毎分、毎秒、途切れることなく続いていくのである。三十億年以上先、アンドロメダ銀河が我々の銀河系と衝突し、おそらく地球が消えてなくなるであろうその日まで……。

話がでかくなりすぎたのでこの辺で締めることにする。少々トイレの話に固執しすぎた感はあるが、まぁ食事をしながら本を読む人はいないはずなので、温かい気持ちで見逃してください。

著者プロフィール

松坂　ありさ

横浜市生まれ。東村山市在住。
本名　青木　恵
神奈川県立相模原高校卒業。
白百合女子大学・国語文学科卒業。
2010 年 1 月『木漏れ日』、2012 年 5 月『延長十五回』、
2013 年 10 月『ファールフライ』（日本文学館）
2014 年 11 月『校長室』、2015 年 5 月『初心、忘るべからず』（Ａ文学会）

落書

2016 年 2 月 20 日　第 1 刷発行

著　者　松坂　ありさ
発行社　Ａ文学会
発行所　Ａ文学会
〒181-0015　東京都三鷹市大沢 1-17-3（編集・販売）
〒107-0052　東京港区赤坂 3-21-5-3 F
電話 050-3414-4568（販売）FAX　0422-31-8164
E-mail : info@abungakukai.com
印刷所　有限会社ニシダ印刷製本　銀河書籍

ISBN978-4-9907904-2-4